Für Nicky, unseren Engel –
ich werde dich immer lieben,
und in meinem Herzen
wirst du immer bei mir sein.
Mom.

Und für Julie –
sie war Nickys Engel
und meiner.

Ich weiß, dass die beiden jetzt vereint sind,
glücklich, lachend, voller Übermut
und mit all ihrer Liebe.
Wir werden nicht aufhören, euch zu vermissen,
bis wir uns wiedersehen.

In tiefempfundener Liebe
d. s.

1

Es war ein strahlend schöner, heißer Junitag in San Dimas, einem abgelegenen Vorort von Los Angeles. Die quirlige Großstadt mit der Extravaganz Hollywoods schien Lichtjahre entfernt zu sein. In diesem friedlichen Städtchen, unbeachtet von der übrigen Welt, durften die Kinder noch Kinder sein. Wieder neigte sich ein Schuljahr dem Ende zu. Die Sommerferien standen vor der Tür, und die Vorbereitungen für den Abschlussball der Highschool liefen auf Hochtouren.

Johnny Peterson, bester Schüler der Abschlussklasse und Star des Footballteams, sollte bei der feierlichen Zeugnisüberreichung die Eröffnungsrede halten. Jetzt stand er zusammen mit ein paar Freunden auf den Eingangsstufen der Schule, und sein hochgewachsener, schlanker Körper neigte sich ganz leicht Becky Adams zu. Ihre Blicke trafen sich von Zeit zu Zeit. Die beiden waren seit vier Jahren ein Paar, und wie so viele Jugendliche ihres Alters teilten sie jenes offene Geheimnis Verliebter: Vor einem Jahr hatten sie angefangen, miteinander zu schlafen. Es verband sie eine dieser Teenagerlieben mit vagen, unausgesprochenen Plänen, eines Tages zu heiraten. Becky war im Mai achtzehn geworden, und Johnny würde seinen achtzehnten Geburtstag im Juli feiern, kurz vor Beginn des College.

Sein braunes Haar und die dunklen Augen schimmerten im Sonnenlicht. Er war groß, breitschultrig, sportlich, mit perfekten Zähnen und einem strahlenden Lächeln. So wünschte sich jeder Junge auszusehen. Außerdem war er ein netter Kerl und ein verlässlicher Freund. Seine Eltern hatten es mit drei Kindern finanziell nicht leicht und waren immer gerade so über die Runden gekommen, weswegen Johnny sich schon früh Geld mit Nebenjobs dazuverdient hatte. Er wäre gern Profifootballspieler geworden – und er hatte auch das Zeug dazu –, fand es jedoch vernünftiger, mit einem Stipendium ein staatliches College zu besuchen und Betriebswirtschaft zu studieren, um später mit in die kleine Firma seines Vaters einzusteigen. Der hatte seine Arbeit als Steuerberater nie sonderlich gemocht. Johnny dagegen tat sich mit der Materie nicht schwer. Er war ein Naturtalent in Mathematik und verfügte außerdem über hervorragende Computerkenntnisse. Johnnys Mutter arbeitete schon lange nicht mehr in ihrem Beruf als Krankenschwester. Sie wollte sich um die Kinder kümmern, was sich insbesondere während der letzten fünf Jahre als Fulltimejob entpuppt hatte. Johnnys jüngere Schwester Charlotte war gerade vierzehn geworden und sollte im Herbst mit der Highschool beginnen, und der neunjährige Bobby benötigte besondere Betreuung.

Becky war ein hübsches Mädchen mit blondem Haar und himmelblauen Augen. Der Tod ihres Vaters vor zwei Jahren stellte ihr Leben und das ihrer vier Geschwister komplett auf den Kopf. Mike Adams war Bauarbeiter gewesen und bei einem schrecklichen Unfall ums Leben gekommen. Er hinterließ seine Familie praktisch mittellos. Von der Lebensversicherung hatten sie nur einen lächerlich kleinen Geldbetrag erhalten und seitdem harte Zeiten durchgemacht. Auch Becky hatte neben der Schule immer mindestens einen Job. Jeder Cent, den sie dazuverdiente, wurde gebraucht, und im Gegensatz zu Johnny hatte sie kein Stipendium bekommen. Deshalb hatte sie sich entschieden, nach dem Abschluss ein Jahr lang ganztags im Drugstore zu arbeiten und sich dann erneut um ein Stipendium zu bewerben. Sie war längst nicht so gut in der Schule wie Johnny und eigentlich froh, ein Jahr Pause vom Lernen zu haben. Becky arbeitete gern, liebte ihre beiden Brüder und Schwestern und war froh, ihre Mutter ein bisschen unterstützen zu können.

Johnny war der Lichtblick in ihrem Leben, und Becky hatte ein bisschen Angst, dass er am College andere Mädchen kennenlernen würde. Andererseits wusste sie ja, dass er sie liebte. Jeder in ihrer Klasse war der Ansicht, dass sie das perfekte Paar seien. Sie verbrachten jede freie Minute miteinander, lachten viel, redeten über alles und stritten sich nie. Sie waren nicht nur ein Liebespaar, sondern füreinander auch die besten Freunde.

Zwischen den Schülern der Abschlussklasse drehten sich zur Zeit alle Gespräche um den Ball. Johnny hatte Beckys Kleid bezahlt, aber das behielten sie für sich. Ohne seine Unterstützung hätte sie nicht an dem Fest teilnehmen können. »Ich muss los, Jungs, die Arbeit ruft!« Johnny grinste seine Freunde an. An den Wochenenden arbeitete er bei seinem Vater im Büro, aber während der Woche jobbte er in einem nahe gelegenen Sägewerk. Er überwachte den Bestand, räumte das Lager auf und schnitt Holz zu. Die Arbeit war anstrengend, wurde aber gut bezahlt. Den ganzen Sommer über wollte er dort arbeiten und so viel wie möglich verdienen, bevor es dann mit dem College losging. Becky jobbte bereits im Drugstore und hatte ihre Stelle als Kellnerin in einem Café nahe der Schule gekündigt. Nur noch einen Job zu haben vereinfachte ihr Leben beträchtlich.

»Komm schon, Becky.« Johnny zog sie am Arm, um sie von den anderen Mädchen loszueisen. Sie diskutierten immer noch über ihre Kleider für den Ball. Für die meisten von ihnen stellte er das Ende und gleichzeitig den Höhepunkt einer Ära dar. Das war für Johnny und Becky nicht anders – aber sie mussten sich zumindest nicht den Kopf darüber zerbrechen, mit wem sie zu diesem wichtigen Ereignis gehen sollten.

Endlich verabschiedete sich Becky von ihren Freundinnen, sie warf ihr langes blondes Haar über die Schulter zurück und folgte Johnny zu seinem Auto. Er trug ihren Rucksack und verstaute ihn zusammen mit seinem auf dem Rücksitz. »Sollen wir noch schnell die Kleinen abholen?«, fragte er nach einem kurzen Blick auf die Armbanduhr.

»Hättest du denn noch Zeit?« Becky lächelte ihn dankbar an, denn Johnny versuchte, ihr diesen Gefallen so oft wie möglich zu tun. Im Grunde fühlten sie sich schon verheiratet und waren davon überzeugt, dass sie es eines Tages sein würden. Sie sprachen nicht darüber, und das war auch nicht nötig, denn oft verstanden sie einander ohne Worte.

»Aber klar.« Er zwinkerte Becky zu und schaltete das Radio ein, während sie sich auf den Beifahrersitz gleiten ließ. In puncto Musikgeschmack waren sie sich einig, außerdem hatten sie die gleichen Lieblingsgerichte und mochten dieselben Leute. Becky liebte es, Johnny beim Football zuzusehen, und er konnte gar nicht genug davon bekommen, mit ihr zu tanzen und zu reden. Meistens fuhr er nach Feierabend noch kurz bei ihr vorbei, und später, wenn er mit seinen Hausaufgaben fertig war, rief er sie an. Sie konnten

stundenlang telefonieren. Seine Mutter sagte immer, die beiden seien wie siamesische Zwillinge.
Die Schule, die Beckys jüngere Geschwister besuchten, lag nur vier Blocks entfernt. Als sie dort ankamen, sah Becky die vier draußen auf dem Schulhof herumtoben. Sie winkte ihnen zu, und die Adams-Kinder kamen mit lautem Begrüßungsgeheul angelaufen. Becky klappte ihren Sitz vor, und alle kletterten ganz selbstverständlich auf die Rückbank.
»Hi, Johnny«, begrüßten ihn die Jungen wie aus einem Munde, und Peter, mit seinen zwölf Jahren der Älteste, bedankte sich fürs Mitnehmen. Mark war elf, Rachel zehn und Sandi sieben. Bei Adams' ging es ziemlich turbulent zu, und obwohl ihr Dad jetzt schon zwei Jahre tot war, vermissten sie ihn wie am ersten Tag. Ihre Mutter schien während dieser Zeit um zehn Jahre gealtert zu sein. Sie arbeitete viel zu viel und tat ihr Bestes, um die fünf Kinder gut zu versorgen. Ihre Freunde ermahnten sie häufig, sie sollte endlich wieder einmal ausgehen. Pam sah sie dann verständnislos an und entgegnete, dass sie dazu keine Zeit habe. Aber Becky wusste, dass in Wahrheit noch ein anderer Grund dahintersteckte. Schon auf der Highschool hatte ihre Mutter immer nur Mike geliebt, und allein die Vorstellung, sich mit einem anderen Mann zu treffen, war ihr unerträglich.
Johnny setzte Becky und die Kinder ab. Bevor sie ausstieg, hauchte sie ihm rasch einen Kuss auf die

Wange. Als Johnny losfuhr, winkte er noch einmal. Becky schob die Kinder ins Haus und kümmerte sich darum, dass sie einen Imbiss und etwas zu trinken bekamen, bevor sie selbst zur Arbeit gehen musste. Ihre Mutter würde erst in zwei Stunden nach Hause kommen. Pam leitete den örtlichen Schönheitssalon. Sie war eine hübsche Frau, deren Leben sich anders als erhofft entwickelt hatte. Natürlich hatte sie nicht damit gerechnet, im Alter von vierzig Jahren mit fünf Kindern und ohne Ehemann dazustehen.

Vier Stunden später war Johnny bereits wieder bei Becky. Er sah müde, aber zufrieden aus und blieb gerade lange genug, um mit ihr am Küchentisch ein Sandwich zu essen, mit ihrer Mom zu plaudern und mit den Kleinen herumzualbern. Um halb zehn machte er sich in der Regel auf den Heimweg. Seine Tage waren lang und ausgefüllt.

»Ich kann gar nicht glauben, dass ihr beiden jetzt schon euren Abschluss macht. Es kommt mir so vor, als sei es erst gestern gewesen, dass ihr als Fünfjährige an Halloween gemeinsam singen gegangen seid.« Pam Adams schüttelte lächelnd den Kopf. Johnny stand vom Küchenstuhl auf und streckte sich zu voller Größe. Im ersten Jahr an der Highschool hatte er Basketball gespielt und war ziemlich gut darin gewesen, aber Football und die Schule ließen ihm dann keine Zeit mehr dazu. Pam betrachtete ihn gerührt.

Sie hoffte, dass er und Becky eines Tages heirateten und ihm ein längeres Leben beschert sein würde als ihrem Mann. Aber sie bedauerte nichts, dafür waren die gemeinsamen Jahre mit Mike viel zu glücklich gewesen. »Danke übrigens für Beckys Kleid«, sagte sie leise. Sie war die Einzige, die davon wusste. Johnny hatte es nicht einmal seiner Mutter erzählt.

»Es steht ihr unheimlich gut.« Johnny versuchte schnell darüber hinwegzugehen, weil ihn der dankbare Ausdruck in Pams Augen verlegen machte. »Es wird sicher ein toller Abend.«

»Bestimmt. Beckys Dad und ich haben uns auf dem Abschlussball verlobt«, erinnerte sich Pam wehmütig, ohne dass es für Johnny ein Wink mit dem Zaunpfahl sein sollte. Dafür war viel zu offensichtlich, dass die beiden ohnehin auf eine gemeinsame Zukunft zusteuerten.

»Bis morgen«, verabschiedete sich Johnny. Becky folgte ihm nach draußen. Sie standen noch ein paar Minuten neben seinem Auto und redeten, dann zog Johnny sie in die Arme. Sie küssten sich voller Leidenschaft und mit der ungezügelten Energie ihrer Jugend, bis Becky ganz außer Atem war.

»Du solltest besser gehen, bevor ich dich hinter den nächstbesten Busch schleife, Johnny Peterson«, flüsterte sie kichernd und mit diesem Lächeln, das ihn immer noch um den Verstand brachte.

»Klingt verlockend, aber dann fällt deine Mom in

Ohnmacht«, zog er sie auf. Beide nahmen an, ihre Eltern hätten nicht die geringste Ahnung, wie weit die Dinge zwischen ihnen bereits gediehen waren. Dabei wussten ihre Mütter längst Bescheid. Irgendwann hatte Pam mit Becky ein Mutter-Tochter-Gespräch geführt und ihr eindringlich nahegelegt, vorsichtig zu sein. Aber so vernünftig waren Becky und Johnny auch von allein. Becky hatte nicht die geringste Lust, schwanger zu werden, bevor sie verheiratet waren – und da sie erst das Studium beenden wollten, lag das in weiter Ferne. »Ich ruf dich nachher an«, versprach er und stieg ein. Seine Mutter wartete bestimmt wieder mit dem Essen auf ihn.

Johnny wohnte zwei Meilen von Becky entfernt und brauchte für den Heimweg nur fünf Minuten. Er stellte seinen Wagen hinter dem seines Vaters in der Einfahrt ab. Als er den Garten in Richtung Hintereingang durchquerte, sah er, dass seine Schwester Charlotte ganz allein Korbwürfe mit dem Basketball trainierte – so wie er es auch immer getan hatte. Sie war das Ebenbild ihrer Mutter, obwohl sie ihn mit dem langen blonden Haar und den großen blauen Augen manchmal auch an Becky erinnerte. Charlotte trug Shorts und ein Tanktop. Mit ihren langen Beinen war sie ungewöhnlich groß für ihr Alter und zudem sehr hübsch. Aber das bedeutete ihr nichts. Für Charlotte zählte nur der Sport. Ob sie aß, schlief oder träumte – sie dachte an nichts anderes als Baseball, Football und Basketball. Sie war ein sportliches Allroundtalent und gehörte so vielen Teams an, wie sie zeitlich gerade einrichten konnte. Während der letzten Jahre war sie Johnny älter vorgekommen, als sie tatsächlich war. Nicht nur wegen ihrer Größe – sie war ihren Altersgenossen an Reife und Verständigkeit weit voraus.

»Hi, Charlie, wie läuft's?«, rief Johnny und fing den Ball, der ihm mit großer Wucht entgegengeflogen kam. Sie warf so hart wie ein Junge, und Johnny musste jedes Mal lächeln, wenn sie ihm eine Kostprobe gab.

»Wie üblich.« Sie sah Johnny kurz über die Schulter hinweg an, und nachdem er ihr den Ball wieder zugespielt hatte, plazierte sie ihn zielsicher im Korb. Ihr Blick wirkte traurig.

»Was ist los?« Als Johnny sie in den Arm nahm, hielt sie den Ball fest und schmiegte sich an ihren Bruder. Er konnte ihren Kummer förmlich spüren.

»Ach nichts.«

»Ist Dad zu Hause?« Natürlich war er das, Johnny hatte das Auto in der Einfahrt stehen sehen, und er wusste auch ganz genau, was seiner Schwester zu schaffen machte.

»Sicher.« Sie nickte und fing an zu dribbeln. Johnny sah ihr einen Moment lang zu, dann schnappte er sich den Ball, und sie machten abwechselnd Korbwürfe. Charlotte beeindruckte ihren großen Bruder jedes

Mal aufs Neue mit ihrem spielerischen Können. Sie hatte sich immer gewünscht, wie er zu sein. Johnny – ihr Held und großes Vorbild. Sie hatte beinahe jedes seiner Spiele während der Highschool-Zeit gesehen und hatte ihn leidenschaftlich angefeuert.

Die beiden spielten gut zehn Minuten, bis Johnny schließlich ins Haus ging. Seine Mutter stand in der Küche und trocknete Geschirr ab, und sein kleiner Bruder Bobby sah ihr vom Küchentisch aus zu. Sein Vater saß im Wohnzimmer vor dem Fernseher.

»Hi, Mom.« Johnny küsste seine Mutter zur Begrüßung flüchtig auf den Scheitel. Sie lächelte. Alice Peterson liebte ihre Kinder über alles. Der Tag von Johnnys Geburt war einer der glücklichsten ihres Lebens gewesen. Und wenn sie ihn heute ansah, überkam sie immer noch dieses Gefühl.

»Hallo, Schatz, was gibt's Neues?« Wie jeden Abend begannen ihre Augen zu strahlen, wenn sie ihren Ältesten sah.

»Stell dir vor: Montag bekommen wir Zeugnisse, und in zwei Tagen ist Abschlussball.« Sie lachte, während Bobby ihn schweigend ansah.

»Hör auf, mich zu veralbern. Wie könnte ich das vergessen?« Seit Monaten redeten sie über nichts anderes. »Wie geht es Becky?«

»Gut.« Johnny wandte sich Bobby zu, der sofort anfing zu lächeln, als sein großer Bruder auf ihn zukam. »Na, Kleiner, schönen Tag gehabt?« Bobby erwiderte

nichts, strahlte jedoch, als Johnny ihm durchs Haar fuhr.
Johnny konnte stundenlang mit seinem kleinen Bruder reden. Er fragte ihn, was er gemacht habe, und erzählte ihm, was er selbst erlebt hatte. Bobby antwortete nie. Seit seinem vierten Lebensjahr hatte er kein einziges Wort mehr gesprochen – und das lag jetzt fünf Jahre zurück. Er und sein Vater hatten damals einen Unfall gehabt. Sie waren mit dem Auto von einer Brücke in den Fluss gestürzt und beinahe ertrunken. Ein Spaziergänger hatte dem Jungen das Leben gerettet. Zwei Wochen lang lag der Kleine auf der Intensivstation, dann war er zwar über den Berg, blieb aber stumm, und keiner konnte ihnen sagen, ob er einen Hirnschaden davongetragen hatte, weil er so lange unter Wasser gewesen war, oder ob es sich um ein seelisches Trauma handelte. Die vielen Spezialisten und Therapien hatten nichts bewirkt. Bobby war geistig hellwach und registrierte genauestens, was um ihn herum passierte, aber er sprach nicht. Er ging auf eine Sonderschule für Behinderte, und obwohl er längst Schreiben gelernt hatte, teilte er sich auch auf diese Weise nicht mit, sondern kopierte lediglich Wörter oder Buchstaben. Als hätte er dieser Welt nichts mehr mitzuteilen. Sein Vater, der vor dem Unfall lediglich auf Partys gern ein bisschen getrunken hatte, betäubte sich seitdem jeden Abend mit Alkohol. Jim torkelte nicht lallend durch

die Gegend, wurde auch nicht aggressiv oder gar gewalttätig, er saß einfach nur vor dem Fernseher und betrank sich still und leise – seit nunmehr fünf Jahren jeden Abend.

Die Familie sprach nicht über seine Trunksucht. Am Anfang hatte Alice versucht, mit Jim zu reden, und gehofft, er würde irgendwann darüber hinwegkommen, so wie Bobby eines Tages auch. Aber dem war nicht so. Die beiden hatten sich, jeder auf seine Weise, in ihre eigene Welt zurückgezogen, und alle anderen litten darunter. Alice hatte Jim ein paarmal vorgeschlagen, zu den Anonymen Alkoholikern zu gehen, aber das lehnte er strikt ab. Er würde dieses Thema nicht diskutieren, weder mit ihr noch mit Fremden. Er gestand sich ja nicht einmal selbst ein, dass er ein Problem hatte. »Hast du Hunger, mein Lieber?«, wandte sich Alice an Johnny. »Ich habe dir das Abendessen aufgehoben.«

»Danke, aber ich hatte schon ein Sandwich bei den Adams'«, erwiderte er und strich Bobby zärtlich über die Wange. Ihn zu berühren schien die beste Art zu sein, mit ihm zu kommunizieren. Der Kleine hing so sehr an seinem großen Bruder, dass er ihm ständig hinterherlief und mit seinen großen blauen Augen jede von Johnnys Bewegungen verfolgte.

»Ich wünschte, du würdest wenigstens ab und zu hier essen«, beklagte sich Alice. »Wie wäre es mit Nachtisch? Wir hatten Apfelkuchen.« Sein Lieblingsdessert, das sie deshalb auch möglichst oft zubereitete.

»Klingt gut.« Er wollte ihre Gefühle nicht verletzen. Manchmal aß er zwei komplette Mahlzeiten an einem Abend, erst bei Becky und dann zu Hause, nur um seiner Mutter eine Freude zu machen.

Während sich Johnny den Kuchen schmecken ließ, setzte sich Alice zu ihm an den Küchentisch. Sie sprachen über Charlottes Home Runs beim Spiel an diesem Nachmittag und den Abschlussball. Bobby hörte ihnen schweigend zu. Johnny wollte am nächsten Tag seinen Smoking beim Verleih abholen. Alice konnte es kaum erwarten, ihn darin zu sehen, und hatte noch schnell einen neuen Film für den Fotoapparat gekauft. Dieses Bild musste sie einfach festhalten. Als sie Johnny anbot, das Sträußchen für Becky zu besorgen, lehnte er lächelnd ab.

»Ist bereits bestellt. Trotzdem danke.« Er stand auf und sagte, dass er noch an seiner Rede arbeiten wolle. Alice war furchtbar stolz darauf, dass er bei der Abschlussfeier die Eröffnungsrede halten würde.

Bevor Johnny nach oben ging, sah er kurz ins Wohnzimmer. Der Fernseher lief, und sein Vater saß schlafend davor. Ein vertrauter Anblick. Johnny schaltete das Gerät aus und stieg leise die Treppe hoch. In seinem Zimmer setzte er sich an den Schreibtisch und ging den Entwurf der Rede durch. Er brütete immer noch darüber, als sich die Tür leise öffnete und wieder

schloss. Bobby war hereingekommen und setzte sich aufs Bett.
»Ich arbeite an einer Rede«, erklärte Johnny, »für die Abschlussfeier.« Bobby schwieg, und Johnny wandte sich erneut seinem Text zu. Er mochte es, wenn sein Bruder bei ihm im Zimmer saß, und Bobby schien es ebenfalls zu gefallen. Schließlich legte sich Bobby auf das Bett und starrte an die Decke. In solchen Momenten fragte sich Johnny immer, was ihm wohl durch den Kopf ging. Johnny hätte gern gewusst, ob sich Bobby an den Unfall erinnern konnte und ob es seine Entscheidung war, nicht zu sprechen, oder er gar keinen Einfluss darauf hatte.
Dieser Unfall lastete seit fünf Jahren wie ein Fluch auf ihnen allen. Charlotte und Johnny strengten sich in der Schule und im Sport umso mehr an, als wollten sie den Kummer der ganzen Familie wettmachen. Ihr Vater hatte sich aufgegeben. Er hasste seinen Job und sein Leben und war zerfressen von Schuldgefühlen. Und Johnny wusste, dass seine Mutter auf ihre Weise ebenfalls aufgegeben hatte. Sie glaubte im Grunde nicht mehr daran, dass Bobby jemals wieder sprechen würde oder Jim sich vergeben könnte. Alice hatte ihm nie Vorwürfe wegen des Unfalls gemacht. Bevor er von der Brücke abkam, hatte er ein paar Bier getrunken, aber das hielt sie ihm nicht vor. Jim Peterson hasste sich selbst schon genug dafür. Es war eine Tragödie, die man nicht rückgängig machen konnte.

Das Leben ging weiter, aber es würde nie wieder so sein wie vorher.
Johnny arbeitete noch eine halbe Stunde an seiner Rede. Zufrieden mit seinem Werk streckte er sich dann neben Bobby aus und nahm seine Hand. Es war, als könnten sie auf diese Art miteinander reden und sich ihre Gefühle mitteilen – auch ohne Worte.
Sie verharrten so, bis Alice heraufkam und Bobby erklärte, dass er jetzt schlafen gehen müsse. Er nickte nicht einmal, und selbst seine Augen blieben ausdruckslos, aber er stand auf, warf Johnny noch einen kurzen Blick zu und ging dann hinüber in sein eigenes Zimmer. Seine Mutter folgte ihm, um ihn ins Bett zu bringen. Seit dem Unfall hatte sie ihn nicht einen einzigen Tag allein gelassen. Sie war immer für ihn da und würde ihn nie in der Obhut fremder Babysitter lassen. Ihr ganzes Leben drehte sich um Bobby, und die anderen verstanden es als ihr Geschenk an ihn.
Als Johnny wie versprochen Becky noch einmal anrief, war es schon elf. Sie ging beim zweiten Klingeln ran. Ihre Mutter und die Geschwister hatten sich bereits schlafen gelegt, aber sie wartete immer, bis Johnny anrief, und er vergaß es nie. Sie mochten diese Gespräche am Ende eines Tages. Und am nächsten Morgen sammelte er sie und ihre Geschwister wieder auf dem Weg zur Schule ein. Ihre Tage begannen und endeten miteinander.

»Hi, Schatz, wie läuft's?« Er lächelte wie immer, wenn er mit ihr sprach.

»Alles bestens. Mom schläft schon. Ich habe mir gerade noch einmal mein Kleid angesehen.« Er konnte die Begeisterung aus Beckys Stimme heraushören und freute sich für sie. Das Kleid war wunderschön, und sie würde darin phantastisch aussehen. Er konnte sich wirklich glücklich schätzen, dass sie sein Mädchen war.

»Du wirst die Hübscheste auf dem ganzen Ball sein.« Davon war er fest überzeugt.

»Danke. Und bei dir, alles so weit okay?«

»Wie immer. Dad ist vor dem Fernseher eingeschlafen, und Charlie läuft mit traurigem Gesicht herum, weil er nie zu ihren Spielen geht. Dabei wünscht sie es sich so sehr. Mom hat mir erzählt, dass Charlie an diesem Nachmittag zwei Home Runs geschlagen hat. Aber solange Dad das nicht registriert, ist es für Charlie bedeutungslos. Meine Spiele hat er sich immer angesehen. Bei einer Tochter scheint er das nicht für nötig zu halten. Menschen können manchmal so dumm sein! Kein Wunder, dass sie sich bisweilen wünscht, ein Junge zu sein.« Es bekümmerte ihn, dass er nichts für seine Schwester tun konnte. Er hatte versucht, mit seinem Vater zu reden, aber entweder hörte der nicht zu oder es war ihm egal. Also ging Johnny stattdessen zu Charlies Spielen, wann immer er es einrichten konnte. »Ich habe meine Rede fertig. Hoffentlich ist sie einigermaßen geworden.«

»Sie ist großartig, ganz bestimmt. Ich werde so verdammt stolz auf dich sein.« Sie gaben einander jede Unterstützung und Ermutigung, die sie benötigten und zu der ihre Eltern nicht in der Lage waren.

»Ich sehe dich dann morgen, mein Schatz.« Es gab im Grunde gar nichts zu erzählen, sie mochten es einfach, die Stimme des anderen noch einmal zu hören, bevor sie sich schlafen legten.

»Ich liebe dich, Johnny«, sagte Becky zärtlich.

»Ich liebe dich auch, Kleines. Schlaf gut.« Sie legten auf, und Johnny ging durch das stille Haus langsam die Treppe hinauf in sein Zimmer.

2

Du siehst umwerfend aus!« Alice Peterson strahlte ihren Ältesten an, der in seinem geliehenen Smoking die Treppe herunterkam. Das plissierte weiße Hemd und der perfekt sitzende Anzug mit einer weißen Rose am Revers standen ihm ausgezeichnet. »Wie ein Filmstar!« – *Oder auf dem Weg zu deiner Hochzeit,* fügte sie in Gedanken hinzu.

Johnny holte ein Sträußchen weißer Rosen für Becky aus dem Kühlschrank und stand gerade damit im Flur, da kam Charlotte die Treppe heruntergestürmt. Wie gewöhnlich hatte sie ihren Basketball dabei. Als sie Johnny sah, grinste sie übers ganze Gesicht.

»Wie findest du deinen Bruder?«, fragte ihre Mutter mit stolzem Blick. Charlie lachte schallend.

»Absolut albern«, lautete das spontane Urteil, und Johnny musste ebenfalls lachen.

»Danke, Schwesterherz. Ich freu mich schon darauf, wie idiotisch du erst auf deinem Abschlussball aussehen wirst. Wahrscheinlich schleppst du deinen Basketball mit und trägst Turnschuhe.«

»Könnte gut sein.« Sie grinste ihn frech an. »Vermute,

du siehst ganz okay aus«, räumte sie dann verlegen ein. Und man sah ihr an, dass sie genauso stolz auf ihn war wie ihre Mutter.
»Er sieht um einiges besser aus als nur okay«, korrigierte Alice und stellte sich auf die Zehenspitzen, um Johnny einen Kuss zu geben. Bobby kam aus der Küche und begutachtete seinen Bruder staunend. Bevor Johnny protestieren konnte, machte Alice schnell zwei Fotos.
»Wie sehe ich aus, Champ?«, wandte sich Johnny an seinen kleinen Bruder, ohne wirklich mit einer Reaktion zu rechnen. Immerhin musterte Bobby ihn interessiert. Jim war noch im Büro. »Ich muss los, Becky abholen, sonst kommen wir zu spät«, drängte Johnny und ging zur Haustür. Alice und Charlotte schauten ihm bewundernd hinterher. Auf dem Weg zum Auto drehte er sich noch einmal um und winkte ihnen zu. Kurz darauf hörten sie ihn wegfahren.
Becky wartete schon auf der Veranda. Sie trug das weiße, schulterfreie Satinkleid, das Johnny für sie gekauft hatte. Es umschmeichelte ihre Figur, saß aber nicht zu eng. Dazu hatte sie hochhackige weiße Satinpumps an. Eine ihrer Schwestern hatte gemeint, sie sehe aus wie eine Märchenprinzessin. Das lange blonde Haar hatte Becky zu einem raffinierten Knoten hochgesteckt. Johnny befestigte das Rosensträußchen an ihrem Kleid, betrachtete sie glücklich und küsste sie. Ihre Brüder standen direkt daneben

und fingen sofort an, zu johlen und zu pfeifen. Beckys Mutter kam aus der Küche geeilt und lächelte die beiden an.

»Ihr beide seht aus, als wärt ihr einem Modemagazin entsprungen«, erklärte Pam Adams begeistert. Becky war hübscher denn je, und Johnny wirkte richtig erwachsen. »Ich wünsche euch beiden viel Spaß. Denkt daran: Man hat nur einmal im Leben Abschlussball. Genießt jede Minute.« Sie hatte gelernt, wie wertvoll jeder einzelne Augenblick war, denn am Ende blieben einem nur die Erinnerungen.

»Werden wir, Mom«, sagte Becky und küsste ihre Mutter zum Abschied auf die Wange.

»Fahrt vorsichtig«, ermahnte sie die beiden aus purer Gewohnheit. Pam wusste genau, wie vernünftig und verantwortungsbewusst der Freund ihrer Tochter war und dass sie sich keine Sorgen machen musste.

Johnny und Becky trafen sich mit einigen Freunden in einem nahe gelegenen Restaurant. Alle waren in Hochstimmung. Die Mädchen bewunderten gegenseitig ihre Kleider. Jede von ihnen hatte ein ähnliches Sträußchen wie Becky, und an den Anzugrevers der Jungen steckte das entsprechende Gegenstück. Aufgedreht und bester Laune brachen sie um Viertel nach acht gemeinsam auf. Eines der Paare fuhr mit Johnny und Becky im Wagen.

Es wurde für sie alle ein unvergessliches Fest. Um neun begann der Tanz, und fast den ganzen Abend über spielte eine Band. Während der Pausen agierte einer der Abschlussklässler als DJ. Die Musik war gut und das Buffet üppig. Ein paar der Schüler meinten zwar, den Abend für ein Besäufnis nutzen zu müssen, aber die meisten blieben lieber bei alkoholfreien Getränken. Dieser Ball war für alle ein wichtiges und aufregendes Ereignis, bei dem auch das eine oder andere Liebesband geknüpft wurde. Streit gab es kaum, und die einzige Schlägerei, die sich zwei Raufbolde lieferten, war schnell beendet. Ansonsten verlief der Abend ohne Pannen und unschöne Zwischenfälle. Als um Mitternacht der Tanz beendet war, versammelten sich viele der Jugendlichen draußen vor dem Gebäude und überlegten, was sie noch unternehmen könnten. Die meisten wollten zu einem Imbiss ganz in der Nähe, der die ganze Nacht geöffnet hatte. Einige der Jungen reizte es jedoch mehr, auszuprobieren, ob sie mit ihren gefälschten Schülerausweisen in einen Nachtclub kämen.

Johnny und Becky hatten den ganzen Abend ausgiebig getanzt und sich mit vielen Leuten unterhalten. Jetzt wollten sie gemeinsam mit einigen Freunden zu Joe's Diner, um Hamburger zu essen und Milchshakes zu trinken. Das Pärchen, das auch auf der Hinfahrt mitgefahren war, saß auch nun wieder im Auto. Als sie um halb eins losfuhren, wurden sie kurz darauf von einem Cabrio überholt, vollbesetzt mit Jungen aus dem Footballteam, die den Mädchen Kusshände

zuwarfen. Sie hupten wie verrückt und fragten Johnny lautstark, ob er Lust auf ein kleines Rennen habe. Grinsend schüttelte er den Kopf. Er mochte solche Spielchen nicht, schon gar nicht in einer Nacht wie dieser. Er hupte zum Gruß, und das Cabrio schoss davon. An der nächsten Kreuzung bogen die Jungen in die Straße ab, die zur einzigen Bar in der Stadt führte, die ein Auge zudrückte, wenn es darum ging, Alkohol an Minderjährige auszuschenken.
Becky und das andere Mädchen lachten und unterhielten sich über gemeinsame Bekannte. An der Kreuzung mussten sie bei Rot warten. Als die Ampel umsprang, fuhr Johnny langsam los. Er erzählte gerade dem Jungen auf dem Rücksitz eine Geschichte über einen der Burschen aus dem Footballteam, da sah er im Augenwinkel etwas aufblitzen, hörte lautes Hupen und Reifen quietschen. Er wandte den Kopf und sah, wie das Cabrio mit den Jungen auf die Kreuzung zugeschossen kam. Sie hatten offenbar gewendet und näherten sich mit irrsinniger Geschwindigkeit. Er hörte die Jungen aufgeregt schreien, während der Wagen an den wartenden Autos vorbeibrauste. Johnny trat auf die Bremse. Aber schon während er das tat, wurde ihm bewusst, dass es unmöglich war, den Wagen rechtzeitig zum Stehen zu bringen. Er riss das Steuer herum, um dem Cabrio auszuweichen. Es war die einzige Möglichkeit, obwohl er dadurch direkt in den Gegenverkehr steuerte. Becky schrie auf.

An das, was danach passierte, konnten sich im Nachhinein alle nur noch bruchstückhaft erinnern. Es gab einen gewaltigen Stoß und einen lauten Knall, man hörte splitterndes Glas und das Geräusch von schepperndem Metall. Das andere Mädchen sagte hinterher, es habe sich angefühlt, als wären sie gegen eine Wand geprallt. Um sie herum hupten Autos, Reifen quietschten, und es klirrte. Das Cabrio prallte auf andere Autos. Bis auf den Jungen hinterm Steuer wurden alle Insassen in hohem Bogen herausgeschleudert. Johnnys Auto wirbelte herum wie ein Kreisel. Er tat, was er konnte, um den Wagen zum Halten zu bringen, aber das Fahrzeug stand erst, als es zwischen der Fahrbahnbegrenzung und einem Lkw eingekeilt war. Danach herrschte für einen Moment gespenstische Stille. Kurz darauf kam ein Mann mit einer Taschenlampe und leuchtete ins Wageninnere. Er berichtete später, die Windschutzscheibe habe ausgesehen wie zerknittertes Zellophan, und das Kleid des Mädchens auf dem Beifahrersitz sei voller Blut gewesen. Von der Rückbank hörte er leises Stöhnen, und der Fahrer lag zusammengesunken über dem Lenkrad.
Alle vier Insassen waren noch angeschnallt. In der Ferne ertönten bereits die Sirenen der Rettungswagen. Der Mann traute sich nicht, die Verletzten anzufassen, und wartete lieber auf die Sanitäter. Überall schälten sich Menschen aus ihren Wagen, etliche waren ver-

letzt und bluteten. Fünf Personenwagen und ein Lkw waren in den Unfall verwickelt. Der Mann mit der Taschenlampe hörte, dass der Lkw-Fahrer tot sei. Als die Rettungssanitäter aus ihren Wagen sprangen, wies der Mann auf Johnnys Auto: »Da drinnen habe ich jemanden weinen hören …« In diesem Moment trafen zwei weitere Rettungswagen und die Feuerwehr ein. Es wimmelte nur so von Sanitätern. Menschen wurden aus ihren Fahrzeugen geborgen, Wunden notdürftig versorgt und nach weiteren Verletzten gesucht. Wenige Minuten später lagen vier leblose Körper am Straßenrand, unter ihnen auch der Lkw-Fahrer. Man hatte sie mit Planen zugedeckt. Ein Sanitäter half Becky aus dem Wagen. Sie war ganz benommen und hatte einen tiefen Schnitt in der Wange, aus dem Blut auf ihr Kleid tropfte. Ein anderer Rettungshelfer löste Johnny behutsam vom Lenkrad und suchte nach seinem Puls. Das Pärchen vom Rücksitz stieg an der Beifahrerseite aus. Sie standen unter Schock, schienen jedoch körperlich unversehrt zu sein. Während die drei weggeführt wurden, leuchtete der Sanitäter Johnny mit einer Taschenlampe in die Augen, dann tastete er erneut nach dem Puls. Er blickte in das Gesicht des jungen Mannes im Smoking und sah die Schwellung am Kopf. Augenblicklich wurde ihm klar, dass sich der Junge das Genick gebrochen hatte. Er ließ ihn behutsam zurück auf das Lenkrad gleiten und winkte einen der Feuerwehrmänner herbei.

»Der Junge hinterm Steuer ist tot«, sagte er so leise, dass ihn sonst niemand hören konnte. Dann gab er einem der Helfer mit einer fahrbaren Trage ein Zeichen. Gemeinsam zogen sie den leblosen Körper vorsichtig aus dem Wagen, legten ihn auf die Trage und deckten ihn zu. In diesem Moment drehte sich Becky um und sah, dass die Männer Johnny wegbringen wollten. »Was tun Sie da?«, schrie sie entsetzt. »Nehmen Sie dieses Ding von seinem Gesicht!« Sie lief zu der Bahre und wollte die Plane wegreißen. Aber einer der Sanitäter hielt sie zurück.

»Kommen Sie bitte …«, redete der Mann beruhigend auf sie ein, »… hier können Sie nichts tun … wir bringen Sie sicherheitshalber ins Krankenhaus.« Er hielt sie fest in den Armen, denn Becky wurde völlig hysterisch. Sie schluchzte, schlug um sich und versuchte verzweifelt, freizukommen. »Ich muss zu Johnny … ich muss … ich muss …« Sie rang nach Luft, verschluckte sich und musste husten. »Das ist Johnny … er kann doch nicht … oh mein Gott … bitte nicht …« Sie sackte zu Boden. Der Sanitäter hob Becky auf und trug sie zum Krankenwagen. Nur einen Augenblick später raste die Ambulanz mit Blaulicht und Sirene davon.

Es dauerte zwei ganze Stunden, bis sämtliche Trümmer vom Unfallort geräumt, alle Verletzten in nahe gelegene Krankenhäuser gebracht und die Zeugenaussagen erfasst worden waren. Eltern mussten an-

gerufen und Jugendliche von Polizisten nach Hause begleitet werden. Die fünf leblosen Körper wurden ins Leichenschauhaus transportiert.
Die Angehörigen zu benachrichtigen war keine leichte Aufgabe. Die Polizisten teilten sie untereinander auf. Der Lkw-Fahrer stammte aus einem anderen Bundesstaat. In seinem Fall konnte lediglich die Spedition informiert werden, für die er unterwegs gewesen war. Dort musste man sich dann um alles Weitere kümmern.
Auch zu den Petersons machte sich einer der Polizisten auf den Weg. Er hatte eine Tochter, die mit Charlotte in eine Klasse ging, deshalb kannte er Johnny ein wenig. Es war für den Mann nicht das erste Mal, dass er eine solche Nachricht überbringen musste, und er fürchtete sich vor der Reaktion der Eltern. Als er an der Haustür der Petersons klingelte, war es drei Uhr morgens. Er musste noch ein zweites Mal läuten, bis Jim Peterson schließlich im Pyjama öffnete. Alice stand in einem ausgeblichenen Morgenmantel direkt hinter ihrem Mann. Als die beiden den Polizisten vor der Tür stehen sahen, wurde ihnen sofort klar, dass etwas passiert sein musste.
»Stimmt etwas nicht, Officer?«, fragte Jim.
»Es tut mir leid«, antwortete der Polizist. »Dürfte ich vielleicht reinkommen?«, fügte er zögernd hinzu.
Die Petersons traten einen Schritt zur Seite und ließen ihn eintreten. Er ging durch bis ins Wohnzimmer.

Dort blieb er stehen und blickte betreten zu Boden. »Es hat einen Unfall gegeben«, begann er. Alice hielt die Luft an und umklammerte den Arm ihres Mannes. »Es tut mir sehr leid, Ma'am … Mr. Peterson … aber Ihr Sohn ist dabei ums Leben gekommen. In den Unfall waren sechs Fahrzeuge verwickelt, und es hat mehrere Tote gegeben. Ich bedaure sehr, dass Ihr Sohn darunter ist.«

»Oh mein Gott …« Um Alice herum begann sich alles zu drehen. Nur langsam drang die ganze Bedeutung der Worte in ihr Bewusstsein. »Nein … das kann nicht … sind Sie sicher, dass es keine Verwechslung ist?«, schluchzte sie. Jim sagte kein einziges Wort. Tränen liefen ihm über die Wangen.

»Johnnys Wagen wurde von einem anderen Fahrzeug gerammt und zwischen der Fahrbahnbegrenzung und einem Lkw eingeklemmt. Ihr Sohn hätte nichts tun können, um den Unfall zu verhindern. Es ist eine fürchterliche Sache, wenn junge Menschen ums Leben kommen. Ich weiß, wie Ihnen jetzt zumute ist.« Alice wollte antworten, dass er das unmöglich nachempfinden könne, aber ihre Stimme versagte. Sie schwankte und fürchtete, jeden Moment ohnmächtig zu werden. Der Officer half ihr zu einem Sessel. »Soll ich Ihnen ein Glas Wasser holen?«, bot er an. Tränenüberströmt schüttelte sie den Kopf.

»Wo ist er jetzt?«, stieß sie schließlich mühsam hervor. Im Geiste sah sie Johnny irgendwo leblos am Straßenrand oder in seinem Wagen liegen und wünschte in diesem Moment nichts mehr, als ihn in den Armen zu wiegen – und mit ihm zu sterben.

»Er wurde in die Gerichtsmedizin gebracht. Jetzt kommt leider einiges an Formalitäten auf Sie zu, aber wir werden uns bemühen, Sie dabei zu unterstützen.«

Alice nickte. Jim wankte in die Küche und kam mit einem Drink zurück. Es sah aus wie Wasser, war aber purer Gin.

Der Officer blieb noch eine halbe Stunde. Nachdem er ihnen erneut beteuert hatte, wie leid es ihm tue, verabschiedete er sich. Mittlerweile war es vier Uhr morgens. Alice und Jim starrten einander an und wussten nicht, was sie sagen sollten. Schließlich nahm er sie in die Arme, und sie saßen schluchzend nebeneinander auf dem Sofa.

Stundenlang verharrten sie so, und Alice machte Jim keinen Vorwurf, als er sich noch einen Drink holte. Fast wünschte sie, selbst auf diese Weise Trost finden zu können. Aber es gab nichts, das ihren Kummer lindern konnte. Und als die Sonne aufging, war es für sie unvorstellbar, dass ein weiterer strahlend schöner Sommertag anbrach. Eine Welt ohne Johnny – unvorstellbar. Es war erst wenige Stunden her, da hatte er im Smoking und mit einer Rose am Revers das Haus verlassen – *und jetzt soll er nicht mehr da sein? Unmöglich, da spielt uns jemand einen grausamen Streich,* versuchte sie sich einzureden. Johnny würde jeden Moment durch diese Tür hereinkommen und sie anlachen. Der Polizist hatte ihnen doch erzählt, dass Becky nur eine Schnittverletzung an der Wange hatte und dass das andere Pärchen unverletzt sei. Johnny hatte alles abbekommen. Natürlich war sie froh, dass den anderen nichts passiert war, trotzdem erschien es so ungerecht, dass Johnny mit siebzehn hatte sterben müssen, noch dazu ohne eigenes Verschulden. Das hatte er einfach nicht verdient. Er war weder fahrlässig noch unvernünftig gewesen und hatte an diesem Abend nicht einen Tropfen Alkohol getrunken.

Als Pam Adams um sieben Uhr früh anrief, saßen Alice und Jim immer noch im Wohnzimmer. Jim hatte mittlerweile so viel Gin getrunken, dass er nur noch lallen konnte. Alice ging ans Telefon. Als sie Pams Stimme hörte, brach sie sofort wieder in Tränen aus.

»Oh, Alice, es ist furchtbar.« Pam weinte ebenfalls. Sie war gerade erst mit Becky aus dem Krankenhaus nach Hause gekommen. Der Schnitt im Gesicht war genäht worden, aber vorher hatte Becky ein Beruhigungsmittel bekommen, denn sie hatte einen schweren Schock. Der Facharzt für plastische Chirurgie versicherte Pam nach dem Eingriff, dass keine Narben zurückbleiben würden, zumindest keine sichtbaren. Becky weinte ununterbrochen. Sie weigerte sich, zu glauben, dass Johnny tot war. »Ich fühle von ganzem Herzen mit euch. Wenn ich irgendetwas tun kann …« Pam erinnerte sich so gut daran, wie es gewesen war, als Mike ums Leben kam. Den Sohn zu verlieren stellte sie sich noch schlimmer vor. »Soll ich hinüberkommen? Ich könnte euch zur Hand gehen und mich um die Kinder kümmern.«

»Ich weiß nicht …«, erwiderte Alice unsicher. Sie hatte selbst noch nicht begriffen, was eigentlich passiert war, geschweige denn, dass sie Johnnys Geschwistern von dem Unglück erzählt hätte. Noch wusste sie nicht, ob sie dazu überhaupt in der Lage war.

»Lass mich zu euch kommen. Ich kann in ein paar Minuten da sein«, beharrte Pam. Sie wusste, wie wichtig es ist, in einer solchen Situation Freunde um sich zu haben. Entscheidungen standen an, und es gab jede Menge zu tun: Der Leichnam musste an einen Bestattungsunternehmer überführt, ein Sarg, Kleidung für Johnny und der Raum für die Aufbahrung ausgesucht, Verwandte und Freunde benachrichtigt, der Text für die Traueranzeige verfasst, sämtliche Details für den Ablauf der Beerdigung festgelegt und eine Grabstätte auf dem Friedhof gekauft werden. Und das alles, während die Angehörigen mit ihrem Kummer fertig werden mussten und unter Schock standen. Pam wusste aus eigener Erfahrung, wie unerträglich das war, und wollte tun, was sie konnte, um zu helfen.

Zwanzig Minuten später stand sie vor der Haustür der Petersons. Während Jim nach oben ging, um sich anzuziehen, saß sie bei Alice und hielt sie fest in den Armen. Später kochte Pam eine Kanne Kaffee, und als die beiden Frauen weinend in der Küche saßen, kam Charlotte mit strubbeligem Haar, in Shorts und T-Shirt die Treppe herunter.

»Hi, Mom«, murmelte sie verschlafen. Dann sah sie die rotgeweinten Augen der Frauen. Charlotte wusste sofort, dass etwas Schreckliches passiert sein musste. »Was ist los?«, fragte sie ängstlich.

Alice stand auf, ging auf Charlotte zu und nahm sie in die Arme. Sie hatte bisher kein einziges Wort gesagt, aber ihr Blick sprach Bände.

»Mom, was hast du? Was ist passiert?« Charlotte spürte instinktiv, dass dieser Augenblick ihr Leben für immer verändern würde.

»Johnny ... er hatte einen Unfall ... nach dem Abschlussball ... er ist tot«, schluchzte ihre Mutter. Charlotte stieß einen markerschütternden Schrei aus. »Nein ... Mom ... neeeeiin ... bitte ...« Sie klammerten sich weinend aneinander, während Pam tränenüberströmt neben ihnen stand. Wenige Minuten später kam Jim zurück. Er wirkte wieder nüchterner, und Alice konnte in seinem Gesicht lesen, dass er am Boden zerstört war. Sie saßen noch eine ganze Zeit lang zusammen und weinten, bis Alice schließlich hinauf in Bobbys Zimmer ging. Er lag wach in seinem Bett, wie er es manchmal tat. Aber Alice hatte den Eindruck, dass er etwas ahnte. Als spürte er das Furchtbare und versuchte, sich davor zu verstecken. In diesem Fall würde ihn sein Schweigen jedoch nicht schützen.

»Ich muss dir etwas sehr Trauriges erzählen«, begann Alice, setzte sich auf sein Bett und schloss ihn in die Arme. »Johnny ist von uns gegangen ... er ist jetzt im Himmel, bei Gott ...«, sagte sie schluchzend und konnte spüren, wie Bobby erst zitterte und dann ganz starr wurde. Er weinte, geräuschlos und voller Seelenqual. Bobby hatte die Bedeutung von Alices' Worten nur zu gut verstanden und hörte auch nicht auf, zu weinen, als sie ihm half, sich anzuziehen. Hand in Hand gingen sie die Treppe hinunter, und den Rest des Tages erlebten sie alle wie durch einen Schleier der Trauer.

Pam blieb bei Bobby und Charlotte, während Jim und Alice in die Gerichtsmedizin fuhren. Als Alice ihren toten Sohn sah, schrie sie auf und klammerte sich an ihn. Jim musste sie von Johnny wegziehen. Anschließend fuhren sie zum Bestattungsunternehmen, um alles für die Beerdigung zu regeln. Als sie wieder zu Hause eintrafen, war es bereits Nachmittag. Pam hatte für alle gekocht. Charlotte saß ganz allein hinten im Garten, und Bobby war in seinem Zimmer.

Später wurde in den Nachrichten über den Unfall berichtet. Viele Leute riefen an oder kamen vorbei – auch Becky. Sie sah fürchterlich aus: leichenblass, mit einem dicken Verband im Gesicht. Sie weinte unaufhörlich und sagte immer wieder, wie verzweifelt sie sei und dass sie ohne Johnny nicht leben könne. Pam brachte sie schließlich nach Hause.

Am nächsten Tag war es noch schlimmer, denn langsam wurde allen bewusst, was Johnnys Tod für sie bedeutete. Abends ging die Familie zum Bestattungsunternehmen, und am darauffolgenden Tag drängten sich in dem Raum, in dem Johnny aufgebahrt lag, unzählige Freunde und Verwandte. An diesem Tag war auch die Zeugnisverleihung gewesen, und man gedachte Johnny mit einer Schweigeminute. Viele der Anwesenden hatten geweint.

Die Beerdigung am Dienstag erlebte Alice wie durch Nebel und konnte sich hinterher nur schemenhaft erinnern. Der Chor hatte gesungen, und alles war voller Blumen gewesen. Sie wusste noch, dass sie immerzu auf ihre Schuhe geschaut und die ganze Zeit über Bobbys Hand fest umklammert hatte. Charlotte hatte hemmungslos geschluchzt und Jim weinend dagesessen wie in Trance. Der Rektor der Highschool hielt eine Rede und Johnnys bester Freund ebenfalls. Der Pfarrer betonte in seiner Ansprache, was für ein außergewöhnlicher Junge Johnny gewesen war, aufgeweckt, fröhlich, warmherzig und überaus beliebt. Aber auch diese Worte konnten das Leid nicht lindern. Johnny war tot, nichts würde daran etwas ändern.

Nachdem die Petersons Johnny auf dem Friedhof zurückgelassen hatten und wieder zu Hause waren, fühlten sie sich alle erschöpft und leer. Zu schnell, zu früh, zu unerwartet war Johnny von ihnen gegangen, und jetzt mussten sie es durchstehen und ohne ihn weiterleben, ob sie sich dem gewachsen fühlten oder nicht. Charlotte weinte sich an diesem Abend in den Schlaf. Auch Bobby hatte den ganzen Tag geweint, jetzt lag er matt in seinem Bett und schlief zum Glück schnell ein. Alice und Jim saßen unten, starrten ins Leere und versuchten zu begreifen, dass ihr Sohn nie mehr zurückkehren würde. Es war gleichermaßen unvorstellbar wie unerträglich. Keiner von ihnen wollte ins Bett gehen, sie hatten Angst vor den Gedanken und Träumen, die sie in der Dunkelheit überkommen würden. Sie saßen einfach nur da. Um drei Uhr morgens legte sich Alice schließlich doch hin. Jim blieb unten und trank. Alice fand ihn am nächsten Morgen wie ohnmächtig auf dem Sofa liegen, eine leere Flasche Gin neben sich auf dem Boden. Für sie alle würde eine schwere Zeit anbrechen, und Alice konnte sich nicht vorstellen, dass jemals wieder Normalität einkehren würde. Normal war, dass Johnny abends nach Hause kam, im Herbst aufs College ginge, im Footballteam spielte, sie ihn küssen, umarmen, mit ihm lachen, seine Hand halten oder ihm übers Haar streichen konnte. Aber Johnny war nicht mehr da. Und mit jedem Tag, der verstrich, festigte sich Alices' Überzeugung, dass das Leben nie wieder normal sein würde.

3

Am 4. Juli war Johnny bereits einen Monat tot. Alice hatte die Fotos vom Abend des Abschlussballs entwickeln lassen. Es brach ihr fast das Herz, sie anzuschauen – ein lächelnder Johnny im Smoking. Sie ließ drei der Bilder rahmen und stellte sie im Haus auf. Manchmal kam es ihr allerdings so vor, als würde der Anblick alles nur noch schlimmer machen.

Die Stimmung bei den Petersons war an diesem Tag besonders gedrückt. Sie dachten nicht im Traum daran, ein großes Barbecue zu veranstalten, wie sie es an diesem Feiertag sonst immer getan hatten. Es war ihnen gar nicht danach zumute, zu feiern und Freunde und Bekannte zu sehen. Während der letzten vier Wochen war es im Haus unnatürlich still gewesen. Alle fühlten sich elend und erschöpft. Jeder neue Tag schien so anstrengend wie die Besteigung des Mount Everest, und wenn sich die Familie zum Abendessen an den Tisch setzte, war jeder entsetzt, wie mitgenommen die anderen aussahen.

Alice hatte vierzehn Pfund abgenommen und dunkle

Ringe um die Augen. Pam Adams rief täglich an, und in einem dieser Gespräche gestand Alice ihr, dass sie auch nachts keine Ruhe fand. Sie schlief erst morgens gegen sechs ein und wachte um sieben schon wieder auf. Stattdessen fielen ihr manchmal tagsüber die Augen zu, wenn sie sich nur kurz setzte. Jim verbrachte die Nächte betrunken auf dem Sofa. Charlotte weinte bei jeder Gelegenheit. Sie wollte nicht aus dem Haus und hatte sämtliche Baseballspiele in den letzten vier Wochen ausfallen lassen, und Bobby hatte sich noch mehr in sich zurückgezogen.

Auch Becky ging es sehr schlecht. In der ersten Woche nach dem Unglück hatte sie das Bett nicht verlassen, und als sie schließlich wieder anfangen wollte zu arbeiten, hatte man sie nach Hause geschickt, weil sie viel zu durcheinander war. In der letzten Woche war es ihr gelungen, zumindest ein paar Stunden arbeiten zu gehen. Sie aß kaum, weinte viel und sagte immerzu, sie wünschte, sie wäre mit Johnny gestorben. Ihre Geschwister hatten regelrecht Angst um sie. Auch ihnen fehlte Johnny, er war auch ihr Freund gewesen.

»Du musst schlafen«, erklärte Pam Alice kategorisch. »Und das wirst du bald auch wieder. Mir ging es nach Mikes Tod nicht anders. Aber bis du endlich etwas zur Ruhe kommst, darfst du nicht schlappmachen. Hast du es schon mit Schlaftabletten versucht?«

Die hatte sie selbst damals eine Zeitlang genommen,

sich aber tagsüber immer fürchterlich verkatert gefühlt. Deshalb hatte sie bald entschieden, es so durchzustehen, und genau das wollte Alice auch.

»Werde ich mich jemals wieder anders fühlen?«, fragte Alice verzagt. Die Vorstellung, den Rest ihres Lebens so zu leiden, war erdrückend.

»Bestimmt! Es ist grausam, ein Kind zu verlieren, und man kommt sicher nie ganz darüber hinweg. Aber du wirst lernen, damit zu leben.« Mike war jetzt zwei Jahre tot, und sie hatte es noch längst nicht überwunden. Aber sie schaffte es, jeden Morgen aufzustehen und sich um die Kinder zu kümmern, und manchmal konnte sie sogar lachen. Sie verschwieg Alice, dass sie seitdem nicht mehr richtig glücklich gewesen war, auch wenn alle ihr versicherten, das käme eines Tages wieder. »Alice, es ist erst einen Monat her. Wie kommen denn die Kinder zurecht?«

»Charlie hat gestern versucht, Baseball zu spielen, aber nach der Hälfte des Spiels aufgehört. Ihr Trainer ist unheimlich verständnisvoll und sagt, sie kann tun, was immer sie möchte: Mitspielen, von der Bank aus zuschauen oder eine Weile ganz aussetzen. Als er in ihrem Alter war, hat er selbst eine Schwester verloren und weiß, wie Charlotte zumute ist.«

»Und Bobby?«

»Liegt den ganzen Tag auf seinem Bett und kommt nicht einmal freiwillig zum Essen herunter. Ich muss ihn abholen und an die Hand nehmen. Jim meint, ich solle ihn nicht wie ein kleines Kind behandeln ...« Alice brach schluchzend ab. Pam und sie standen einander näher als je zuvor, und die intensiven Gespräche halfen ihr sehr. »Bobby und Charlotte sind alles, was ich noch habe. Jim ist nie da, und wenn doch, dann – ach, du weißt ja, was mit ihm ist. Er will nicht über Johnny reden und meint, ich solle sein Zimmer leer räumen und alle Sachen weggeben. Aber das schaffe ich noch nicht. Vielleicht werde ich es nie können. Manchmal gehe ich hinein und sitze einfach da. Als müsse ich nur lange genug warten, und dann käme er zurück. Bisher habe ich nicht einmal das Bett neu bezogen. Das muss sich für dich völlig verrückt anhören«, entschuldigte sich Alice, aber Pam kannte das nur zu gut.

»Ich habe Mikes Sachen erst nach über einem Jahr weggegeben, und einige seiner Lieblingsstücke bewahre ich heute noch auf.«

»Ich war einfach nicht darauf vorbereitet«, klagte Alice. »Aber das ist man sicherlich nie. Es ist mir niemals in den Sinn gekommen, dass er sterben könnte. Anderen Familien passieren solch schreckliche Dinge, aber uns doch nicht ...« Genau das hatte Pam nach Mikes überraschendem Tod auch empfunden. Aber einen siebzehnjährigen Sohn zu verlieren war noch furchtbarer. Selbst Becky hatte es so ausgedrückt. Johnny ließ viele traurige Menschen zurück. Der eine oder andere hatte Alice prophezeit, dass sie eines Tages wütend auf ihn sein würde, weil er einfach gegangen war. Aber dieser Gedanke schien ihr absurd. Und wie verzweifelt sie auch sein mochte, sie konnte unmöglich Johnny die Schuld geben.

Ende Juli hatten sie alle zusammen an den See fahren wollen, doch jetzt blieben sie zu Hause. Alice lag immer noch nächtelang wach. Jim war zwar von Gin zurück zu Bier gewechselt, aber er betrank sich weiterhin jeden Abend vor dem Fernseher. Glücklicherweise hatte Charlotte endlich wieder angefangen, Baseball zu spielen. Alice bat Jim, zu den Spielen zu gehen, um Charlie nach allem, was passiert war, etwas zu unterstützen, doch er lehnte ab. Angeblich hatte er keine Zeit. Bobby lag nach wie vor die meiste Zeit auf seinem Bett. Alice bemühte sich sehr, ihn nach unten zu locken und zu beschäftigen. Aber kaum kehrte sie ihm den Rücken zu, um zu kochen oder weil das Telefon klingelte, schon verschwand er hinauf in sein Zimmer. Nachts war es im ganzen Haus still wie in einem Grab, jeder blieb mit seinem Kummer allein.

Anfang September fand Pam, dass Alice noch schlechter aussah als im Juni. Drei Monate war Johnny jetzt tot, aber Alice kam es so vor, als sei es gestern gewesen. Nur mühsam konnte sie sich morgens aufraffen, das Bett zu verlassen und sich anzuziehen, und zu mehr als Jeans und einem abgetragenen Sweatshirt langte es nicht. Pam bot an, ihr das Haar zu machen, aber Alice mochte nicht. Ihr Aussehen war ihr egal.

Die Schule hatte bereits wieder begonnen, da klagte Alice immer häufiger über Bauchschmerzen.

»Du solltest zum Arzt gehen«, meinte Jim besorgt. Sie hatten jetzt alle viel schneller Angst um die anderen. Ihnen war auf drastische Weise vor Augen geführt worden, dass sie sterblich waren.

»So schlimm ist es nicht«, widersprach Alice wenig überzeugend. Um die Kinder machte sie sich weitaus mehr Sorgen. Im Gegensatz zu früher lebte Alice in ständiger Furcht, dass Charlie sich bei einem Spiel verletzen oder auf dem Heimweg von der Schule mit dem Fahrrad verunglücken könnte. Außerdem hatte Charlotte in dieser Woche zwei Migräneanfälle gehabt und musste früher aus der Schule nach Hause kommen, und Bobby wollte gar nicht erst hingehen. Er schloss sich in seinem Zimmer ein. Der Rektor seiner Schule meinte, sie sollten ihm noch einen Monat Zeit geben und es dann erneut versuchen.

Alice' Bauchschmerzen wurden während der folgenden Wochen immer schlimmer, aber sie sagte nichts. Pam gegenüber betonte sie mehrfach, dass sie stark sein müsse, weil die anderen sie doch brauchten. Auch Becky hatte sich noch nicht gefangen. Sie arbeitete zwar Vollzeit, saß aber ansonsten zu Hause und weinte viel.

Einen Monat nach Ferienende lag Alice nachts wach im Bett und hätte vor Schmerzen fast laut aufgeschrien. Unfähig, einen klaren Gedanken zu fassen, schleppte sie sich schließlich ins Bad und erbrach hellrotes Blut. Als Krankenschwester wusste sie, dass ihr Zustand ernst war. Sie konnte gar nicht mehr aufhören zu würgen, und als sie schließlich die Badezimmertür öffnete, war sie leichenblass und hielt sich nur mühsam auf den Beinen. Jim hatte bereits geschlafen, aber als er Alice' Gesicht sah, war er sofort hellwach.

»Alice? Was ist?« Er setzte sich ruckartig auf und starrte sie ängstlich an.

»Nichts«, flüsterte sie und krümmte sich im gleichen Moment vor Schmerzen. Sie konnte nicht einmal mehr gehen, alles drehte sich vor ihren Augen, dann sackte sie langsam zu Boden.

»Alice! … Alice …« Er stürzte zu ihr, aber sie hatte bereits das Bewusstsein verloren. Jim lief zum Telefon und wählte den Notruf. Ihm schlug das Herz bis zum Hals. Alice war so erschreckend dünn geworden. Plötzlich wurde ihm bewusst, dass er sie auch noch verlieren könnte. Während er mit der Notrufzentrale sprach, krümmte sich Alice und erbrach erneut, ohne jedoch das Bewusstsein wiederzuerlangen. Ihr Bademantel und der Boden waren voller Blutspritzer.

»Wir schicken sofort einen Krankenwagen.« Nur wenige Minuten später hörte Jim die Sirenen. Er hatte neben Alice auf dem Boden gekniet und lief rasch nach unten, um die Tür zu öffnen. Zwei Stufen auf einmal nehmend, stürmte er zurück und wies den

Sanitätern den Weg. Charlotte kam aus ihrem Zimmer auf den Flur. Bobby schlief zum Glück tief und fest.

»Was ist los?«, fragte Charlotte verstört und sah mit an, wie sich Sanitäter über ihre Mutter beugten, die leichenblass und regungslos auf dem Boden lag. Charlie begann zu weinen. »Was ist passiert, Dad?«, schluchzte sie, während der Notarzt den scheinbar leblosen Körper untersuchte.

»Ich weiß es nicht«, stieß Jim mühsam hervor. »Sie hat Blut erbrochen.« Es kam ihm überhaupt nicht in den Sinn, dass er Charlotte beruhigen sollte, dafür war er selbst viel zu durcheinander.

»Es kann alles Mögliche sein«, erklärte der Notarzt. »Aber ich tippe auf ein blutendes Magengeschwür. Wir müssen sie sofort ins Krankenhaus bringen. Begleiten Sie uns?«, fragte er Jim. Alice wurde auf die Bahre geschnallt und zugedeckt, trotz der Bewusstlosigkeit zitterte sie. Der Blutverlust war so groß, dass ein Kreislaufzusammenbruch drohte.

»Bin sofort fertig.« Jim streifte sich eine Hose über und schlüpfte barfuß in die Schuhe. Er schnappte sich ein Sweatshirt und rief rasch Pam an. Mit wenigen Worten erzählte er, was passiert war, und bat sie, herüberzukommen und sich um die Kinder zu kümmern, bis er zurück wäre. Er behelligte sie nur ungern, wusste aber nicht, wen er sonst fragen sollte.

»Ich bin in fünf Minuten da. Mach dir um die Kinder

keine Sorgen. Pass gut auf Alice auf, Jim.« Auch ihr war nicht entgangen, dass Alice stark abgenommen hatte, aber angesprochen hatte sie es nicht. Sie wusste ja, wie schwer diese letzten vier Monate seit Johnnys Tod für sie gewesen waren.

Jim kletterte hinter der Bahre her in den Krankenwagen.

Charlotte lag zusammengerollt wie ein kleines Kind auf dem Bett ihrer Eltern. So fand Pam sie und schloss das Mädchen fest in die Arme. Als sie meinte, Charlotte einen Moment allein lassen zu können, sah sie nach Bobby. Zu ihrer großen Erleichterung schlief er tief. Sie machte für Charlotte rasch eine Milch warm, dann ging sie hinauf und rieb so gut es ging das Blut aus dem Schlafzimmerteppich. Anschließend setzte sie sich mit Charlie an den Küchentisch, und sie redeten lange darüber, wie schrecklich das Leben ohne Johnny für Charlie war. Sie erzählte, dass ihr Vater ständig trank und ihre Mutter am Boden zerstört sei. Charlie konnte sich nicht vorstellen, dass das Leben jemals wieder so sein würde wie früher. Das bestritt Pam nicht, aber sie versicherte ihr, dass es auch nicht immer so schlimm bliebe, wie sie es jetzt empfand. Alice würde irgendwann ihren Frieden mit Johnnys Tod machen, und dann könnte sie auch wieder für andere da sein. Momentan überdeckte der Kummer alles andere, aber Pam beteuerte, dass dies eine Phase sei und nicht das Ende.

Nachdem sie Charlotte zurück ins Bett gebracht hatte, rief Pam im Krankenhaus an. Jim wurde an den Apparat geholt. Er berichtete, dass Alice Beruhigungsmittel und Bluttransfusionen bekommen habe. Sie war auch bei Bewusstsein gewesen, aber nur für einen Moment. Jetzt lag sie auf der Intensivstation und wurde ständig überwacht. Sie ließen ihn immer nur kurz zu ihr, alle halbe Stunde für fünf Minuten. Er sagte, Alice sehe fürchterlich aus.

»Und, haben sie die Ursache gefunden?«, erkundigte sich Pam besorgt.

»Offenbar ein Magengeschwür. Gott sei Dank ist die Blutung zum Stillstand gekommen. Aber wenn ich nicht sofort den Notarzt gerufen hätte, wäre sie wahrscheinlich gestorben.«

»Ein Glück, dass du da warst.«

»Danke, dass du bei den Kindern bleibst, Pam.« Er klang müde. »Ich rufe dich an, sobald es etwas Neues gibt.«

»Egal, wie spät es ist. Ich werde das Telefon immer bei mir haben und sofort rangehen, damit die Kinder nicht aufwachen.«

Jim bedankte sich noch einmal bei Pam und ging dann zu seiner Frau zurück. Die Krankenschwester erklärte ihm, dass Alice aufgrund des Beruhigungsmittels einige Stunden schlafen würde, und bot an, ihm für die Nacht ein Bett im Warteraum aufzustellen. Jim nahm dankbar an. Er wollte Alice nicht allein im

Krankenhaus lassen. Als er sich um Mitternacht endlich auf der Liege ausstreckte, war er völlig erschöpft. Die Sorge um Alice hatte seine Kräfte aufgezehrt.

Alice schlief zu diesem Zeitpunkt bereits ruhig. Sie hatte sich nicht mehr übergeben, und ihr Blutdruck war inzwischen etwas höher als bei der Einlieferung. Alle zwanzig Minuten überprüfte eine Krankenschwester Alice' Zustand. Es drohte keine unmittelbare Lebensgefahr mehr.

Je tiefer Alice schlief, desto wirrer träumte sie. Es war alles ohne Zusammenhang, aber irgendwann bemerkte sie, dass Johnny die ganze Zeit an ihrer Seite war. Er wirkte glücklich und entspannt. Auf einmal wandte er ihr den Kopf zu und sagte: »Hi, Mom.« Genau so hatte er sie jeden Abend angesehen, wenn er nach Hause kam und sie mit dem Essen auf ihn wartete.

»Hallo, Lieber, wie geht es dir?«, fragte sie ihn im Traum.

»Bestens, Mom – im Gegensatz zu dir. Was tust du dir nur an?« Sie sah die Sorge in seinen großen braunen Augen. Er trug ein frisches blaues Hemd, Jeans und seine Lieblingsschuhe.

»Es geht mir gut«, versicherte sie ihm, »du fehlst mir nur so sehr.«

»Ich weiß, dass du mich vermisst, Mom«, sagte er liebevoll, »aber das ist kein Grund, einfach aufzugeben. Charlie macht eine schwere Zeit durch, und Bobby leidet.«

»Ich weiß. Aber was soll ich denn tun?«
»Dad sollte endlich zu Charlies Spielen gehen. Ob Mädchen oder nicht – sie ist weit sportlicher, als ich es je war. Und Bobby hört dir nicht mehr zu. Du musst etwas unternehmen, sonst verlierst du endgültig den Kontakt zu ihm.« Genau das hatte sie auch schon befürchtet. Bobby kapselte sich zunehmend ab.
»Kannst du nicht mal mit Dad reden?«, schlug sie zaghaft vor. Johnny lächelte. Sie sah ihn ganz deutlich vor sich und verstand jedes Wort.
»Nur du kannst mich hören, Mom – er nicht.« Natürlich, es war ja ihr Traum und nicht Jims. »Als Erstes musst du wieder zu Kräften kommen. Wie willst du den anderen sonst helfen? Du musst schnellstens gesund werden.«
»Ich will gar nicht mehr nach Hause zurück«, jammerte sie und begann, im Traum zu weinen. »Ohne dich ist es so bedrückend.« Eine Weile betrachtete er sie schweigend und ließ sie weinen. Schließlich nahm er sie in den Arm. Alice schneuzte sich. »Ich werde mich niemals daran gewöhnen können«, jammerte sie, als käme er zurück, wenn sie ihm nur genug zuredete.
»Doch, das wirst du«, widersprach Johnny mit allem Nachdruck. »Du bist sehr stark, Mom.«
»Nein, bin ich nicht«, schluchzte Alice. »Jedenfalls nicht stark genug für alle – für deinen Vater, mich selbst, Charlie und Bobby. Ich kann nicht mehr.«

»Doch, du *kannst*«, beharrte Johnny, und dann hörte Alice plötzlich eine andere Stimme. Sie kam von ganz weit her und war ihr unbekannt. Alice öffnete die Augen. Vor ihr stand die Krankenschwester.

»Sie haben aber lebhafte Träume heute Nacht«, bemerkte die Schwester freundlich, während sie den Blutdruck überprüfte.

Als sie gegangen war, schloss Alice die Augen und schlief ein. Ihr Traum war sofort wieder da, und sie stellte erleichtert fest, dass Johnny auf sie gewartet hatte. Er saß auf einer kleinen Mauer und schlenkerte mit den Beinen, so wie er es als kleiner Junge gerne getan hatte. Als er sie erblickte, sprang er mit einem Satz herunter. Er freute sich, sie zu sehen, aber das, was sie dann sagte, gefiel ihm überhaupt nicht.

»Johnny, ich will mit dir kommen.« Vier Monate lang hatte sie genau das gespürt. Sie hatte es weder klar formuliert noch sich selbst eingestanden, aber jetzt, in diesem Traum, wurde es ihr endlich bewusst. Sie wollte bei ihm sein. Ohne Johnny hatte das Leben für sie keinen Sinn.

»Du bist wohl verrückt geworden!« Johnny starrte sie entsetzt an. »Bobby, Charlie und Dad einfach allein lassen? Kommt nicht in Frage. Die brauchen dich viel zu sehr. Ich bin sowieso nicht befugt, Entscheidungen zu treffen, aber ich versichere dir, dass ich niemanden von dieser Idee begeistern könnte. Vergiss es, Mom.« Er klang wütend.

»Ohne dich schaffe ich es nicht«, klagte Alice. »Ich will einfach nicht mehr.«
»Das ist mir egal. Es gibt einiges zu tun für dich. Und für mich auch«, fügte er hinzu und klang viel erwachsener als zu Lebzeiten.
»Für dich? Was denn?«, fragte Alice erstaunt. Johnny zuckte mit den Schultern. Er hatte sich wieder auf die Mauer gesetzt und ließ die Beine baumeln.
»Keine Ahnung. Das haben sie mir nicht gesagt. Scheint jedenfalls keine leichte Aufgabe zu sein, wenn ich mir ansehe, in was für einem Zustand du bist – nicht nur körperlich. Wie konntest du es nur so weit kommen lassen, Mom? Du hast doch früher nicht so leicht aufgegeben.« Er schien enttäuscht von ihr zu sein. Alice schaute in dieses vertraute Gesicht und wünschte, sie könnte ihn berühren, fürchtete aber, dann sofort aufzuwachen.
»Du bist auch noch nie tot gewesen. Ich schaffe es einfach nicht, Liebling. Es geht nicht.« Er sprang mit einem Satz von der Mauer herunter und sah sie fest an.
»Das will ich nicht noch einmal von dir hören. Reiß dich gefälligst zusammen«, schimpfte er und klang eher wie ihr Vater als ihr Sohn. Dieser Traum kam Alice immer sonderbarer vor. Das Ganze wirkte beängstigend real, wenn auch wie in einer anderen Welt.
»Schon gut, schon gut. Du weißt einfach nicht, wie schwer es ohne dich ist.« Es erleichterte sie, ihm das endlich einmal sagen zu können.

»Doch. Und ich bin bestimmt nicht gern Knall auf Fall gegangen. Es kam für uns alle unerwartet. Die arme Becky – es ist mir so schwergefallen, sie zurückzulassen.«

»Sie erholt sich allmählich«, beruhigte Alice ihn, und er nickte zustimmend.

»Es wird ihr wieder richtig gutgehen. Sie weiß es nur noch nicht. Und du, Charlie, Bobby und Dad, ihr werdet alle darüber hinwegkommen. Wenn Dad zu Charlies Spielen ginge, würde das die Dinge allerdings ein bisschen beschleunigen. Ihr macht mir meine Arbeit wirklich nicht leicht«, fügte er besorgt hinzu und wirkte ein wenig erschöpft. Alice merkte, dass sein Körper anfing zu verblassen, als wären seine Kräfte aufgebraucht.

»Tut mir leid, mein Schatz. Ich wollte dich nicht enttäuschen«, sagte sie entschuldigend und hoffte, der Traum würde ewig dauern. Sie fürchtete, dass Johnny jeden Moment verschwinden könnte und sie aufwachte.

»Du hast mich noch nie enttäuscht, Mom, und das wirst du auch jetzt nicht. Werde erst mal gesund, und dann reden wir weiter.«

»Wann?« Sie wollte ihn nicht gehen lassen, ohne zu wissen, wann sie ihn wiedersehen würde.

»Wie ich schon sagte, sobald es dir bessergeht. Und jetzt möchte ich, dass du aufhörst, dir so viele Sorgen zu machen.«

»Warum sollte ich?«
»Weil du krank bist und ich sowieso noch nichts Genaues über meinen Auftrag weiß.« Er sprach in Rätseln.
»Was für ein Auftrag?«
»Mach dir darüber keine Gedanken, Mom.«
»Ist es eine Art Prüfung für dich?«
»So in etwa. Vielleicht muss ich mir meine Flügel verdienen.« Er lachte. Dann küsste er Alice und entfernte sich immer weiter von ihr. Sie wollte ihm hinterherlaufen, kam aber nicht von der Stelle, als wäre plötzlich eine unsichtbare Wand zwischen ihnen. Sie sah, wie Johnny langsam verschwand, war aber längst nicht mehr so traurig wie zuvor. Alice lächelte sogar, als die Krankenschwester sie weckte, um ihren Blutdruck zu messen. Das war der schönste Traum, den sie je gehabt hatte.
»Sie sehen aus, als ginge es Ihnen schon viel besser, Mrs. Peterson«, sagte die Schwester zufrieden. Dann schlief Alice wieder ein, aber dieses Mal träumte sie nicht von Johnny. Morgens, auf dem Weg zur Schule und zur Arbeit, kam Jim mit den Kindern vorbei. Alice war kurz davor, ihnen von dem Traum zu erzählen, entschied sich jedoch dagegen. Jim war nicht gerade zugänglich für solche Themen, und Bobby konnte Angst bekommen.
Der Arzt wollte Alice sicherheitshalber noch eine Nacht im Krankenhaus behalten. Am Nachmittag

besuchte Pam sie und redete lange mit ihr. Jim rief an und sagte, er bleibe abends bei den Kindern. Sie versicherte ihm, dass es ihr bereits besserginge. Abends war sie kaum eingeschlafen, da stand Johnny vor ihr. Alice liebte diese Begegnungen und hätte am liebsten nur noch geschlafen. Wie beim letzten Mal wirkte Johnny glücklich und gut gelaunt. Sie sprachen über alles Mögliche: Becky, die Schule, die zahlreichen Nebenjobs, die er über die Jahre gehabt hatte, und warum sein Vater trank. Johnny fand, dass fünf Jahre genug seien und es an der Zeit wäre, endlich aufzuhören.

»Das ist leichter gesagt als getan«, erwiderte Alice leise. »Mir gefällt es auch nicht, aber solange Bobby schweigt, kommt Jim nicht von seinen Schuldgefühlen los.«

»Bobby wird eines Tages wieder sprechen. Er muss nur erst dazu bereit sein. Und dann hat Dad keine Entschuldigung mehr.«

»Wie kommst du darauf, dass Bobby wieder reden wird?« Sie hatte die Hoffnung mittlerweile begraben. Alles hatten sie versucht – ohne den geringsten Erfolg.

»Er wird – warte einfach ab.«

»Hat dir das eine höhere Instanz zugeflüstert, oder versuchst du nur, mich aufzuheitern?«, fragte sie lächelnd. Es tat so gut, Johnny zu sehen, selbst wenn es im Traum war.

»Sowohl als auch. Aber eigentlich verrät mir das mein Herz. Ich kann ihn hören, das war schon immer so.«

»Ich weiß«, stimmte sie traurig zu, »nur du hattest diese Fähigkeit.«

»Du schaffst das auch, du musst es nur wollen.« Alice überlegte. Tatsächlich hatte sie es niemals probiert. Sie hatte immer nur an seiner Stelle gesprochen, und es war ihr nie in den Sinn gekommen, sich so in ihn einzufühlen, wie Johnny es getan hatte.

»Sobald ich zu Hause bin, versuche ich es«, versprach sie und fragte sich, ob es das war, was Johnny ihr hatte mitteilen wollen. Die Botschaft gewissermaßen, wegen der er ihr erschienen war. Oder bildete sie sich alles nur ein? Bald würde die Sonne aufgehen. Alice fürchtete sich davor, aufzuwachen und Johnny wieder zu verlieren. Der Morgen wurde zunehmend zur ungeliebten Tageszeit.

»Geh nicht«, sagte sie traurig, weil sie merkte, dass er wie beim letzten Mal langsam verblasste. »Warum kann ich nicht bei dir bleiben?«

»Weil du nicht tot bist, Mom. Und bis dahin wird es noch eine ganze Weile dauern. Auf dich wartet viel zu viel Arbeit«, entgegnete er streng.

»Du fehlst mir so sehr.«

»Du mir auch, Mom«, erwiderte er leise. »Sehr sogar. Ich vermisse auch Becky … und Bobby … und Charlie … und Dad. Es ist nicht leicht, ohne euch zu

sein. Aber eine Zeitlang werde ich euch jetzt noch begleiten.«
»Wirklich?«
»Ich habe doch einen Auftrag zu erfüllen«, antwortete er geheimnisvoll. Sie sah ihn verwirrt an.
»Und was passiert, wenn ich aufwache? Werde ich diesen Traum jetzt jede Nacht haben?« Dann würde sie möglichst viel schlafen.
Johnny musste lachen, und es war genau dieses vertraute Lachen, das Alice so sehr vermisst hatte.
»Ich denke, dass du mich sehr oft sehen wirst.«
»Wann?« Sie wollte klare Antworten und das Versprechen, dass er in ihren Träumen auftauchte. Die vergangenen zwei Nächte waren für sie wie ein Geschenk gewesen.
»Sobald du die Augen aufschlägst«, sagte er schmunzelnd.
»Ich werde dich sehen, wenn ich wach bin?« Das wäre zu schön, um wahr zu sein. Johnny nickte.
»Und jetzt öffne die Augen.«
»Ich will nicht. Dann bist du bestimmt weg, und ich fühle mich wieder schrecklich.« Alice klang wie ein kleines Kind und presste die Lider so fest aufeinander, wie sie nur konnte.
»Wach auf, Mom.« Sie kämpfte dagegen an, merkte jedoch schnell, dass ihr keine Wahl blieb. Als könne Johnny sie zwingen, zu tun, was er wollte. Ihre Lider zuckten und öffneten sich schließlich. Im ersten Mo-

ment konnte sie nicht viel erkennen, aber sobald sich ihre Augen an die Dunkelheit im Zimmer gewöhnt hatten, wurde das Bild immer deutlicher: Johnny saß am Fußende ihres Bettes und sah genauso aus wie im Traum.

»Das glaube ich nicht!« Oder war es vielleicht gar kein Traum, litt sie unter Halluzinationen? »Das muss an den Medikamenten liegen!«

»Nein, damit hat das nichts zu tun, Mom«, widersprach Johnny. »Ich bin es wirklich.«

»Wie soll ich das verstehen?« Mit weit geöffneten Augen sah sie ihn an. Das war doch unmöglich. Sie war wach und sprach mit ihrem toten Sohn, der vor ihr auf dem Bett saß.

»Genau das, was ich gesagt habe, Mom, ich bin hier. Ziemlich coole Sache, was?« Er wirkte geradezu euphorisch, aber Alice bekam allmählich Angst. Womöglich hatte sie Wahnvorstellungen? Konnte doch gut sein, dass ihre Trauer sie um den Verstand gebracht hatte. »Ich komme für eine Weile zurück, Mom, aber nur zu dir«, versuchte er zu erklären. »Das ist so eine Art Handel. Jemand hat mir erzählt, dass manchmal Verstorbene diese Möglichkeit bekommen, wenn sie sehr plötzlich gehen mussten und noch ein paar Dinge zu erledigen haben. Ich weiß nur, dass meine Aufgabe darin besteht, anderen zu helfen, etwas in Ordnung zu bringen. Aber was und wem, das hat mir keiner gesagt. Das muss ich selbst herausfinden.«

Er konnte ihr ansehen, wie sehr sie das alles verwirrte. Sie war in etwas hineingeraten, das allem trotzte, was sie kannte und woran sie glaubte. Ein unerklärliches Phänomen – und das war ausgerechnet Johnny.

»Ich verstehe absolut nicht, was hier abläuft!« Alice war blass geworden. »Ganz bestimmt hat das mit den Medikamenten zu tun«, murmelte sie, während die Krankenschwester ins Zimmer kam und Johnny wie auf Knopfdruck verschwunden war, als wäre er nie da gewesen. Aber dafür war das Erlebnis viel zu real, und zum ersten Mal seit seinem Tod verspürte Alice nicht diesen erdrückenden Verlust. Tatsächlich war sie richtig aufgekratzt.

»Es geht Ihnen ja heute richtig gut«, stellte die Schwester zufrieden fest, nachdem sie wie üblich Alice' Werte überprüft hatte. Kurz darauf ging sie wieder. Alice schloss die Augen und dachte an ihren Sohn, und als sie sie öffnete, stand Johnny grinsend vor ihr.

»Das kann einfach nicht sein!«, erklärte sie und lächelte zu ihm hoch. »Aber ich genieße jede Minute.«

»Wie ich schon sagte, Mom, ich bin zurückgekommen.«

»Ich wünschte, das wärst du wirklich.« Sie gähnte, ließ ihn dabei aber nicht aus den Augen. Das Ganze war zwar verwirrend, fühlte sich jedoch zunehmend besser an. Ihn wiederzusehen war wunderbar – auch wenn es vielleicht nur in ihrer Einbildung geschah.

Allerdings beunruhigte es sie schon, dass hier etwas passierte, über das sie keinerlei Kontrolle hatte.

»Vertrau mir, Mom. Ich bin hier bei dir. Mir ist klar, dass es sich für dich verrückt anhören muss. Ging mir zuerst auch so.«

»Ich sehe dich also wirklich? Es sind keine Halluzinationen?«

»Nein, Mom, hier geht es um Größeres, etwas viel Größeres.« Er grinste. »Es ist eine prima Sache und wird mir viel Spaß machen. Ich habe euch alle schrecklich vermisst.«

»Ich dich auch.« Tränen traten ihr in die Augen, und sie ergriff ohne nachzudenken Johnnys Hand – sie fühlte sich genauso an, wie sie es immer getan hatte.

»Du meinst, ich werde dich die ganze Zeit über sehen können?«, fragte sie ungläubig und musste schlucken.

»Ziemlich oft. Es sei denn, ich muss etwas erledigen. Ich sagte dir ja, dass ich eine Menge zu tun habe. Es hörte sich nach einem Riesenauftrag an.«

»Kann dich sonst noch jemand sehen?«

»Nein, nur du. Ich hatte gehofft, dass mich auch Becky sehen kann, aber das hielten sie für keine gute Idee. Nur du kommst in diesen Genuss. Wenn du irgendwann einmal Gelegenheit dazu bekommst, wäre es vielleicht nett, wenn du dich bedankst.«

Sie nickte, unfähig zu glauben, was er da gerade gesagt hatte.

»Werde ich«, flüsterte sie. »Werde ich …« Dann überkamen sie erneut Zweifel. »Bist du sicher, dass ich nicht einfach nur den Verstand verliere? Oder dass sie mir Drogen verabreicht haben, deren Wirkung verfliegt, wenn ich wieder zu Hause bin?«

»Ganz sicher, Mom. Warum ruhst du dich jetzt nicht ein bisschen aus? Ich habe noch etwas zu erledigen. Wir sehen uns zu Hause.« Er beugte sich vor und küsste sie. Alice spürte die Wärme seines Körpers. Johnny lächelte sie noch einmal an, dann war er verschwunden. Was auch immer hier passierte, Alice war zuversichtlich, dass sie Johnny nicht verloren hatte.

Sie lag im Bett und erinnerte sich an seine Worte. Als sie die Augen schloss, sah sie ihren Sohn im Geiste vor sich und wusste, wie es sich anfühlte, ihn zu berühren. »Danke«, flüsterte sie leise.

Kurz darauf wurde das Frühstück gebracht, und zum ersten Mal seit Monaten langte sie tüchtig zu: Haferbrei, Toast und ein weichgekochtes Ei. Während sie aß, hätte sie am liebsten die ganze Zeit nur gelächelt. Ihre Trauer und Niedergeschlagenheit waren verflogen, und sie fühlte sich so glücklich wie lange nicht mehr. Der Arzt bezeichnete es als Wunder, wie schnell sie sich erholt hatte. Sie würde zwar noch eine Weile Medikamente nehmen müssen, aber nachdem er Alice gründlich untersucht hatte, erlaubte er ihr, noch am selben Tag nach Hause zu gehen.

Alice strahlte, denn sie wusste ja, wer dort auf sie wartete. Und wenn sich herausstellte, dass es doch nur ein Traum gewesen war, dann zumindest der beste, den sie je gehabt hatte.

4

Während der Mittagspause fuhr Jim ins Krankenhaus, um Alice abzuholen. Sie war gut gelaunt und wirkte sogar bereits etwas kräftiger als vor ihrer Einlieferung. Trotzdem hatte sie dem Arzt versprochen, sich zu schonen und vorerst Diät zu halten. Als sie zu Hause waren, kam eine der Nachbarinnen zu Besuch, und am Nachmittag sahen Pam und Becky nach Alice.

Charlotte hatte für die ganze Familie das Abendessen zubereitet. Sogar Jim saß mit am Tisch und stand nicht wie sonst direkt nach dem Essen auf. Sie redeten noch einige Zeit, bis er sich dann mit einem Sixpack Bier ins Wohnzimmer verzog. Alice half Charlotte, das Geschirr zu spülen und ein bisschen aufzuräumen, während Bobby vom Küchentisch aus schweigend zusah. Seit seine Mutter wieder zu Hause war, ließ er sie nicht mehr aus den Augen. Er hatte schreckliche Angst gehabt, sie käme nicht zurück. Später folgte er ihr ins Schlafzimmer und setzte sich ans Fußende ihres Bettes.

»Keine Sorge, mein Schatz, ich gehe nicht weg. Es

ist alles in Ordnung.« Sie konnte die Angst in seinen großen blauen Augen sehen. Die Erinnerung an Johnnys unerwarteten Tod war einfach zu frisch. Nach einer Weile setzte sich Bobby neben sie und nahm ihre Hand. So blieben sie, bis Alice ihn ins Bett brachte.

Zurück im Schlafzimmer, wollte sich Alice gerade hinlegen, da hörte sie hinter sich ein Geräusch. Sie dachte, Charlotte wäre hereingekommen, um sich ein Kleidungsstück auszuleihen. Sie war zwar größer und schlanker als ihre Mutter, aber das eine oder andere Sweatshirt oder Accessoire passte ihr durchaus.

»Charlie?«, fragte Alice in Richtung Kleiderschrank und schlug die Decke zurück. Aber dann drehte sie sich um und zuckte vor Schreck zusammen. Da stand Johnny und lächelte sie an. Wie im Krankenhaus trug er eine Jeans und das blaue Hemd. Sein Haar wirkte frisch geschnitten – genau so hatte es am Abend des Balls ausgesehen.

»Hi, Mom.« Er beugte sich vor, um Alice auf die Wange zu küssen. Dann setzte er sich ans Fußende, so wie er es oft getan hatte, wenn er mit ihr reden wollte.

»Ich werde wohl eine Weile brauchen, um mich daran zu gewöhnen«, gestand sie. Er nickte lächelnd.

»Was hast du heute so gemacht?«, fragte sie und ließ sich in die Kissen sinken. Johnny sah gut aus, jung, stark, selbstsicher – besser als je zuvor. Früher hatte er manchmal Sorgenfalten auf der Stirn gehabt, jetzt machte er die ganze Zeit einen glücklichen Eindruck. Dann wurde ihr klar, wie verrückt es war, ihm diese Frage zu stellen. Als würde er von seinem Job oder der Schule erzählen.

»Ich war bei Becky. Sie wirkt furchtbar traurig.« Sein Blick wurde für einen Moment sehr ernst. Er war Becky stundenlang gefolgt und hatte ihr zugesehen, wie sie ihre Geschwister versorgte.

»Sie und ihre Mom sind kurz hier gewesen.«

»Ich weiß, ich war dabei.«

»Wirklich?«

Er nickte, schien aber mit den Gedanken woanders zu sein. »Bobby hat große Angst um dich«, erklärte er schließlich. Damit erzählte er Alice nichts Neues. Die Art, wie Bobby sie ansah und ihr den ganzen Tag lang überallhin folgte, bedurfte keiner zusätzlichen Erläuterung.

»Er hat wohl gemeint, dass ich nicht zurückkomme. So wie du«, fügte sie zaghaft hinzu.

»Ich weiß, Mom«, sagte Johnny leise. »Und Charlie ist beunruhigt wegen Dad.« Alice nickte, sie machte sich schließlich auch Sorgen um ihn. Seine Trinkerei war seit Johnnys Tod noch schlimmer geworden. Er trank zwar immer nur zu Hause und nie so viel, dass er am nächsten Tag nicht zur Arbeit gehen konnte, aber wenn er abends erst einmal anfing, dann hörte er nicht auf, bis er sich fast besinnungslos ins Bett legte.

Das ging auch an den übrigen Familienmitgliedern keineswegs spurlos vorbei. Aber Jim weigerte sich strikt, darüber zu reden, und Alice wusste nicht, wie sie ihm helfen sollte. Sie hatte es nie jemandem erzählt und war richtig geschickt darin geworden, Erklärungen und Entschuldigungen zu finden, insbesondere den Kindern gegenüber. Dabei war seine Trinkerei für die längst kein Geheimnis mehr.

»Wie geht's jetzt weiter?« Alice sah ihren Sohn gespannt an. »Wirst du ständig hier sein?« Sie unterhielten sich ganz normal, und Alice fragte sich, ob andere sie eigentlich hören konnten.

»Wohl eher kommen und gehen. Ich möchte auch Zeit bei Becky verbringen und muss meinen Auftrag erfüllen.« Wenn er von Becky sprach, bekamen seine Augen einen traurigen Ausdruck. Es hatte ihm zugesetzt, sie so bedrückt zu sehen, und ihm deutlich gemacht, wie sehr sein Tod andere Menschen in Mitleidenschaft gezogen hatte. Aber genau deshalb war er ja zurückgekommen. Er würde in der kurzen Zeit eine ganze Menge zu tun haben.

Johnny stand vom Bett auf, ging zur Tür und lächelte Alice an.

»Es ist ein gutes Gefühl, wieder zu Hause zu sein, Mom.«

»Es ist wunderbar, dich hier zu haben, Lieber. Ich habe dich so vermisst.« Ihre Worte brachten auch nicht annähernd zum Ausdruck, was sie fühlte.

»Ja«, sagte er leise. »Ging mir genauso. Ich werde jetzt mal nach Dad schauen.«

»Kann er dich auch sehen?«, fragte sie überrascht, aber Johnny lachte.

»Du machst wohl Witze. Er würde ausflippen.«

»Ja, das denke ich auch«, stimmte sie amüsiert zu.

»Ich will nur sicher sein, dass es ihm gutgeht. Und dann muss ich in meinem Zimmer ein paar Sachen durchgehen. Was ist eigentlich aus meiner Mannschaftsjacke geworden? Du hast sie doch nicht weggegeben, oder?«

»Natürlich nicht. Ich werde sie für Bobby aufheben. Er hat sie sogar schon anprobiert. Als ich ihm sagte, dass er sie eines Tages tragen dürfe, strahlte er richtig. Aber bis dahin muss er noch tüchtig wachsen.« Bei dem Gedanken schmunzelten sie beide.

»Vielleicht mag Charlie sie bis dahin haben?«, schlug Johnny großzügig vor. Sie hatte diese Jacke oft angezogen und war immer sehr stolz darauf gewesen.

»Ich glaube, Dad will eigentlich nicht, dass sie ein anderer als du trägt. Sie hängt in deinem Kleiderschrank.« Alice hatte nichts in dem Zimmer verändert. Mit all den Sportauszeichnungen, Wimpeln, Fotos und Pokalen hatte der Raum etwas von einem Schrein. In letzter Zeit war sie nicht mehr so oft hineingegangen wie am Anfang. Aber es beruhigte sie, dass es dieses Zimmer gab.

»Schlaf jetzt ein bisschen. Ich sehe morgen früh nach

dir, Mom.« Es war wie vor wenigen Monaten, als er ihr abends noch gute Nacht sagte, dann rasch Becky anrief und zu Bett ging.

»Gute Nacht, mein Schatz.« Alice saß ganz ruhig da und dachte über Johnny nach. Wenige Minuten später kam Charlotte hereinspaziert. Ihr Haar glänzte feucht, weil sie gerade ausprobiert hatte, es mit Gel zu frisieren. Sie sah ihre Mutter fragend an.

»Mit wem hast du vorhin gesprochen? War Dad hier oben?« Beide wussten, dass Bobby bereits fest schlief. Aber Charlie hatte ihre Mutter sprechen gehört, als sie über den Flur zu ihrem Zimmer ging.

»Ich habe telefoniert«, log Alice, ohne mit der Wimper zu zucken. »Dad ist immer noch unten und wahrscheinlich schon eingeschlafen.«

»Und was gibt es sonst noch Neues?«, fragte Charlie missbilligend. »Bei Peggy Dougals Vater war es übrigens das Gleiche ... er ist dann zu den Anonymen Alkoholikern gegangen.«

»Peggy Dougals Vater landete im Gefängnis, weil er betrunken Auto gefahren ist«, hielt Alice dagegen, »und er hat seinen Job verloren. Er musste zu den Anonymen Alkoholikern – das hat der Richter angeordnet. Und das ist nicht das Gleiche.« Sie hatte es Jim ja selbst schon unzählige Male vorgeschlagen, aber er lehnte es rigoros ab. Manchmal schrie er sie sogar an, er brauche das nicht und trinke einfach nur gern ein paar Bier. Alice wusste, dass sie ihn nicht zwingen konnte, er musste sich schon selbst dazu entschließen.

»Vielleicht nicht ganz das Gleiche. Aber hast du schon mal versucht, abends mit Dad zu reden? Er versteht nicht einmal, was man zu ihm sagt.« Wenn er überhaupt antwortete, dann lallend.

»Ich weiß, mein Kleines.« Mehr fiel Alice dazu nicht ein. Es war das erste Mal, dass Charlotte so offen über die Alkoholsucht ihres Vater redete. Und Alice brachte es nicht fertig, ihr zu widersprechen. Sie war ihrer Tochter gegenüber immer ehrlich gewesen. Und ob Jim die Anonymen Alkoholiker nötig hatte oder nicht, in jedem Fall musste er sich endlich diesen Unfall verzeihen und sich damit abfinden, dass er seinen ältesten Sohn verloren hatte. Momentan sah es jedoch nicht so aus, als wäre er dazu in der Lage. Er schien sich vielmehr immer weiter von ihnen zu entfernen. Das einzige Kind, zu dem er eine funktionierende Beziehung gehabt hatte, war gestorben, und die anderen beiden schienen für ihn gar nicht zu existieren. Er redete kaum mit ihnen, und manchmal fragte sich Alice, ob er überhaupt wahrnahm, dass es die beiden gab. Mit Johnny hatte er stundenlang Gespräche geführt, über Sport, Spiele und jeden einzelnen Punkt, den Johnny geholt hatte.

»Es ist spät, Charlie, du solltest schlafen gehen. Ich werde Daddy nachher wecken und nach oben bringen.«

»Macht dich das nicht wahnsinnig, Mom?«, fragte sie besorgt, aber Alice schüttelte den Kopf.

»Nein. Nur manchmal etwas traurig.« Charlotte nickte und ging hinaus. Als sie den Türgriff schon in der Hand hatte, hielt sie noch einmal inne, so wie Johnny vorhin.

»Geht es dir jetzt wieder besser, Mom?«

»Sehr viel besser sogar.« Die Transfusionen hatten Wunder gewirkt, und die Medikamente linderten die Schmerzen. Besser aber noch war, dass sie sich wieder freuen konnte. Johnny war zurück – und Alice schöpfte neue Hoffnung.

5

In den nächsten Tagen kümmerte sich Alice bereits wieder um den Haushalt, aber zwischendurch schonte sie sich auch, so wie sie es dem Arzt versprochen hatte. Jim setzte morgens auf seinem Weg zur Arbeit die Kinder an der Schule ab, und eine andere Mutter hatte angeboten, Bobby nach Hause zu bringen. Charlotte verstand voll und ganz, dass ihre Mom diese Woche nicht mitkommen konnte zum Basketball. Alice hatte somit alle Zeit der Welt, um zu Hause nach Herzenslust mit Johnny zu plaudern.

Der kam und ging, so wie er es angekündigt hatte. Johnny wollte unbedingt seine Freunde und seine alte Schule noch einmal sehen, und er begleitete Charlotte und Bobby in einige ihrer Unterrichtsstunden. Hinterher erzählte er Alice, dass sich Charlie so weit ganz gut hielt, sich aber wesentlich mehr für Sport als für die Schule interessiere und dringend Hilfe in Mathematik benötige.

Um seinen kleinen Bruder war er ernsthaft besorgt. Bobby hatte keinerlei Kontakte. Sogar im Vergleich

zu den anderen Kindern der Sonderschule war er auffallend zurückgezogen. Er spielte immer allein.
»Was gedenkst du zu unternehmen, Mom?«
»Es ist ja nicht ausgeschlossen, dass er irgendwann doch anfängt zu reden«, klammerte sich Alice an ihren letzten Funken Hoffnung. »Vielleicht will er uns irgendwann einmal unbedingt etwas mitteilen.«
Momentan schien er dieses Bedürfnis jedenfalls nicht zu haben.
»Was sagt der Arzt?«
Alice seufzte. Es tat gut, wieder mit Johnny zu reden. Mit Jim ging das nicht, und Charlotte war noch zu jung. »Er meinte, dass Bobby die Therapeuten gar nicht an sich heranlässt. Und dass es keinen Sinn mache, ihn unter Druck zu setzen. Dann zieht er sich noch mehr zurück. Vielleicht kann Bobby es wirklich nicht.«
Manchmal fragte sie sich, was aus ihm werden sollte, wenn sie nicht mehr da war. Wahrscheinlich wäre er schon in der Lage, irgendwann allein zu leben, aber seine Welt war so eingeschränkt und würde das auch bleiben, wenn er nicht die Mauern einriss, die ihn umgaben.
»Du solltest ihn mitnehmen zu Charlottes Spielen. Bei meinen hat er immer gern zugesehen«, schlug Johnny vor. Alice dachte kurz nach und nickte dann.
»Früher hat sich Charlie seinetwegen geschämt, aber sie ist ein ganzes Stück erwachsener geworden. Wahr-

scheinlich hat sie heute nicht mehr solche Probleme damit.«

»Das rate ich ihr«, brummte Johnny. Er leistete Alice in der Küche Gesellschaft, während sie zwei Apfelkuchen backte.

»Warum machst du zwei?« Er sog den köstlichen Duft ein und machte sogar Anstalten, die Backofentür zu öffnen. Alice verscheuchte ihn erbarmungslos.

»Ich habe mir überlegt, einen heute Nachmittag zu den Adams' mitzunehmen. Sie haben so viel für uns getan. Pam hat ein paarmal Essen vorbeigebracht, während ich im Krankenhaus lag. Sie waren nach deinem Tod sehr hilfsbereit und immer für uns da.« Alice hatte es kaum ausgesprochen, als ihr klarwurde, wie absurd ihre Worte waren. Sie hielt inne und starrte Johnny an. Dann mussten sie beide lachen.

»Merkst du, wie verrückt das alles ist? Wenn irgendjemand hören könnte, dass ich mit dir rede, würde man mich sofort einweisen.«

»Da niemand außer uns hier ist, müssen wir uns keine Sorgen machen«, erwiderte er und sah Alice dabei zu, wie sie ein großes Glas mit dem Präparat leerte, das ihr der Arzt verschrieben hatte. Sie sollte die Medikamente noch eine Zeitlang nehmen, dabei waren ihre Magenbeschwerden wie weggeblasen. Unglaublich, wie sehr sie sich seit Johnnys Rückkehr veränderte – als wäre sie auf einmal zwanzig Jahre jünger.

»Wenn ich könnte, würde ich den Kuchen für dich

hinbringen.« Johnny lehnte lässig gegen den Kühlschrank und grinste. »Aber ich glaube, so etwas kann ich nicht machen.«

»Es ist auch alles seltsam genug«, fand Alice.

»Ich hoffe nur, sie werden dich lange bei uns bleiben lassen«, sie wagte nicht, ihn zu fragen, wer »sie« eigentlich waren. Johnny besaß weder einen Heiligenschein noch Flügel, er konnte nicht fliegen und ging nicht durch Wände oder geschlossene Türen. Er bewegte sich, wie er es immer getan hatte. Wenn sie ihn berührte, fühlte sich sein Körper warm an, er duftete und sah aus wie früher.

Als sie losfahren wollte, um Bobby abzuholen, hockte Johnny im Wohnzimmer und hatte den Fernseher eingeschaltet. Sie fragte ihn, ob er mitwolle. Er überlegte nicht lange, sondern stand auf. Während der Fahrt sprachen sie über alles Mögliche: seine Schulfreunde, das Stipendium, das ihm so viel bedeutet hatte, seine besten Footballspiele und seine Kindheitserinnerungen, die für sie alle so kostbar geworden waren. Er brachte Alice zum Lachen, wenn er von seinen Streichen erzählte, wovon ihm immer mehr einfielen. Als Bobby ins Auto stieg, lächelte Alice immer noch.

»Hallo, Schatz, hattest du einen schönen Tag?«

Manchmal nickte Bobby, aber heute nicht. Er starrte auf den Rücksitz, als sähe er dort etwas. Schließlich drehte er sich wieder um und blickte schweigend aus dem Fenster.

Zu Hause angekommen, stellte Alice ihm Kekse und Milch hin. Nachdem er gegessen und getrunken hatte, ging er leise hinauf in sein Zimmer. Kurz darauf rief Pam an. Sie war noch im Geschäft und wollte ein bisschen Klatsch loswerden. Alice erzählte, dass sie ihr einen Apfelkuchen gebacken habe, und versprach, später mit Bobby vorbeizukommen, worüber Pam sich sehr freute.

Als sie ankamen, tobten die Adams-Kinder gerade durch die Küche und das Wohnzimmer, und Becky stand mit hochgestecktem Haar am Herd und kochte das Abendessen. Sie wurde etwas nervös, weil ihr die Hamburger beinahe anbrannten. Alice fand, dass sie von Tag zu Tag schöner wurde. Beckys Anblick machte ihr erneut bewusst, wie groß der Verlust für alle war. Seit Johnnys Tod hatte Becky keinen anderen Jungen angesehen. Mit ihren achtzehn Jahren führte sie ein genauso zurückgezogenes Leben wie ihre Mutter und fühlte sich ebenso verwitwet. Sie tat nichts, außer arbeiten zu gehen und sich nach Feierabend um ihre Geschwister zu kümmern. Pam ermahnte sie oft, doch etwas zu unternehmen, aber Becky wollte nicht einmal ins Kino gehen.

»Ich bringe sie einfach nicht dazu, das Haus zu verlassen, es sei denn, sie muss zur Arbeit«, beklagte sich Pam. Sie machte sich Sorgen um ihre Älteste. Dabei hatte sie selber sich in den zwei Jahren nach Mikes Tod genauso verhalten.

»Ihr müsstet beide häufiger ausgehen. Wie wäre es, wenn Charlie und ich mal bei euch babysitten?« Alice war zwar unsicher, was Charlie von der Idee hielt, aber es wäre schön, auch einmal etwas für die Adams' zu tun.
Die beiden Frauen plauderten eine Weile, während Bobby still am Tisch saß und den anderen Kindern zusah. Er schloss sich ihnen nicht an, und sie bezogen ihn auch nicht ein, obwohl die Altersunterschiede gering waren. Völlig in sich zurückgezogen und für die anderen scheinbar unsichtbar saß er da. Als Alice aus dem Wohnzimmer ein lautes Geräusch hörte, drehte sie sich um und sah zu ihrer Überraschung Johnny. Er folgte Becky die Treppe hinauf, und als sie ein paar Minuten später zurückkam, um nach dem Essen zu sehen, stand er direkt neben ihr am Herd. Johnny schaute ihr zu, wie sie nichtsahnend die fertigen Maiskolben mit Butter bestrich. Alice dagegen hatte Mühe, sich auf das Gespräch mit Pam zu konzentrieren, die ihr gerade etwas von einem Mann erzählte, den sie bei der Arbeit kennengelernt hatte.
Als das Abendessen fertig war, fuhr Alice nach Hause. Bobby ging sofort hinauf in sein Zimmer, und Johnny setzte sich an den Küchentisch und grinste seine Mutter verschmitzt an. Sie wartete, bis sie hörte, dass Bobby seine Zimmertür hinter sich zugemacht hatte, dann legte sie los.
»Was hattest du da zu suchen?«

»Das Gleiche wie du, Mom. Ich war zu Besuch. Meine Güte, Becky sieht vielleicht gut aus.«

»Es war unheimlich, dich direkt neben ihr zu sehen. Ich habe gar nicht mehr richtig mitbekommen, was Pam erzählte.« Alice schaute jetzt noch verdattert drein, und Johnny musste lachen.

»Ich weiß. Du hättest deinen Gesichtsausdruck sehen sollen.«

»Die müssen gedacht haben, ich sei übergeschnappt. Aber noch schlimmer wird es, wenn erst jemand mitbekommt, dass ich mit dir rede. Wir müssen vorsichtig sein«, warnte sie ihn, aber Johnny winkte unbekümmert ab.

»Sicher, Mom, weiß ich doch.« Er klang so sorglos, wie es für einen siebzehnjährigen Jungen typisch war. Nur eine Minute später stürmte er hinauf in Bobbys Zimmer. Sosehr Alice es auch genoss, es war schon sonderbar, ihn wieder um sich zu haben. Als Charlotte nach dem Basketballtraining hereinkam, sah sie ihre Mutter mit einem merkwürdigen Blick an.

»Wie war dein Tag?«, fragte Alice, so wie sie es immer tat. Sie versuchte, sich möglichst unauffällig zu verhalten, damit die anderen keinen Verdacht schöpften.

»Ganz gut.« Charlotte sah ihre Mutter prüfend an. Schließlich entschied sie, mit der Sprache herauszurücken. »Die Mutter von Julie Hernandez hat erzählt, dass sie dich heute gesehen hat, als du mit dem Auto

unterwegs warst. Du hast mit dir selbst gesprochen und gelacht. Geht es dir wirklich gut, Mom?«
Charlie begann sich zu fragen, ob die Medikamente ihre Mutter seltsam werden ließen. Am Vorabend hatte sie selber gehört, wie ihre Mutter Selbstgespräche führte. Angeblich hatte sie telefoniert, aber das kaufte Charlie ihr nicht ab.
»Es geht mir gut. Ich habe mit Bobby geredet. Er lag auf dem Rücksitz«, erklärte Alice.
»Julie sagte aber, du wärst auf dem Weg zur Schule gewesen.«
»Wahrscheinlich war sie ein bisschen durcheinander«, wiegelte Alice ab. Nicht recht überzeugt zuckte Charlotte mit den Schultern. Alice war in den letzten Tagen wie ausgewechselt. Sie wirkte zwar glücklicher, aber auch irgendwie schuldbewusst und manchmal wie ertappt. Eine Schrecksekunde lang fragte sich Charlotte, ob ihre Mutter jetzt vielleicht auch angefangen hatte zu trinken.
»Wie war dein Spiel?«, erkundigte sich Alice, als hätte das bisherige Gespräch gar nicht stattgefunden.
»Gut. Nehme ich jedenfalls an, da wir gewonnen haben.«
»Sonderlich begeistert klingst du nicht.« Alice sah ihre Tochter forschend an. Charlotte war immer so genügsam gewesen. Umgeben von zwei Brüdern, von denen der eine in allem perfekt war und der andere besonders hilfsbedürftig, wurde sie leicht übersehen.

Alice war sich überaus bewusst, wie unfair das war, und hatte sich immer bemüht, gegenzusteuern. Aber in letzter Zeit schottete sich Charlotte immer mehr ab – selbst ihr gegenüber.

»Ich mache deshalb nicht gleich vor lauter Begeisterung Luftsprünge«, erwiderte Charlotte achselzuckend und ging weg, um zu telefonieren.

Alice kümmerte sich um das Abendessen. Schließlich kam Jim nach Hause. Das gemeinsame Essen verlief wie jeden Abend: freudlos und hastig. Jeder von ihnen wollte es möglichst schnell hinter sich bringen und auf sein Zimmer verschwinden. Jim ließ sich vor dem Fernseher nieder. Nachdem Alice den Tisch abgeräumt hatte, ging sie kurz zu ihm, um ein wenig mit ihm zu reden, bevor auch sie sich ins Bett legen wollte. Es war ein langer Tag gewesen.

»Alles in Ordnung im Büro?«, fragte sie und setzte sich aufs Sofa.

»Bestens.« Er drehte ihr nicht einmal den Kopf zu. »Wie geht es dir?«

»Großartig.«

»Vergiss nicht, deine Medizin zu nehmen.« Er sah sie kurz an, und in seinen Augen schimmerte ein Anflug von Besorgnis. Es kam nur noch selten vor, dass sie miteinander redeten. Sie hatten einst aus Liebe geheiratet und als Paar glückliche Zeiten erlebt, aber dann war es für ihn beruflich anders gelaufen, als sie sich erhofft hatten. Das Geschäft kam nicht richtig in Gang, und er begann hin und wieder zu trinken. Als dann auch noch dieser Unfall passierte, war Jim für Alice kaum noch erreichbar. Aber in seinem besorgten Blick, da entdeckte sie für den Bruchteil einer Sekunde den Mann, an den sie sich noch so gut erinnerte und den sie immer geliebt hatte. »Freut mich, dass es dir bessergeht. Du hast mir einen ganz schönen Schrecken eingejagt. Ich konnte nicht …« Er hatte ihr etwas sagen wollen, brach dann jedoch ab. Der Moment war bereits vorüber. »Wir haben weiß Gott genug Pech gehabt«, meinte er schroff und wandte sich wieder dem Fernseher zu. Noch bevor sie antworten konnte, war das Gespräch für ihn beendet und der Kontakt abgerissen.

»Danke, Jim.« Sie beugte sich zu ihm und küsste ihn auf die Wange. Er tat so, als merke er es nicht, und stand auf, um sich ein neues Bier zu holen. Alice blieb allein zurück, und Jim brauchte so lange in der Küche, dass sie die Hoffnung auf eine Fortsetzung des Gesprächs aufgab und sich zurückzog.

Oben sah Alice rasch nach den Kindern. Bobby spielte mit einem Ball, den er gegen die Wand warf und wieder fing, und Charlotte machte Hausaufgaben. Auf dem Weg in ihr Schlafzimmer hörte Alice ein Geräusch aus Johnnys Zimmer. Leise öffnete sie die Tür. Der Mond schien durch die offenen Vorhänge hinein. Johnny stand mitten im Raum und lächelte sie an. Er hatte seine geliebte Mannschaftsjacke angezogen. Alice schlüpfte leise ins Zimmer und schloss behutsam die Tür hinter sich.

»Was machst du hier drin?«, flüsterte sie. Keiner von ihnen wagte, das Licht anzumachen.

»Ich stöbere ein bisschen in meinen Sachen. Dabei habe ich phantastische Fotos von Becky gefunden. Vom letzten Sommer, als sie mit uns an den See gefahren ist.«

»Wie ich sehe, hast du auch deine Jacke entdeckt.« Er war in den letzten Jahren so sehr gewachsen, dass sie ihm fast schon zu klein war. Aber ihn störte nicht, dass die Ärmel ein bisschen zu kurz waren und die Schultern ziemlich knapp saßen.

»Warum machst du das nicht morgen? Die anderen könnten dich hören.«

»Jede Wette, dass hier nie jemand reingeht.«

»Ich schon«, erwiderte sie traurig, ließ den Blick durchs Zimmer schweifen und dann auf Johnny ruhen. Es tat gut, ihn hier zu sehen.

»Wie kommt es, dass du nichts davon weggegeben hast? Ich hatte schon Angst, es wäre gar nichts mehr da oder würde irgendwo in Kartons lagern.«

»Das habe ich nicht fertiggebracht.«

»Vielleicht solltest du das aber«, lautete sein gutgemeinter Rat. »Es ist irgendwie traurig, all diese Dinge hier stehen und liegen zu sehen, wenn ich auch froh bin, dass du alles für mich aufgehoben hast.« Sie musste schmunzeln, setzte sich aufs Bett und sah ihn an.

»Eigentlich habe ich nicht mit deiner Rückkehr gerechnet. Aber dieses Zimmer auszuräumen hätte mir das Gefühl gegeben, noch mehr von dir zu verlieren.«

»Dieser Raum und ich sind nicht ein und dasselbe, Mom. Mich hast du hier.« Er wies auf sein Herz. »Und da werde ich immer sein. Das weißt du auch.« Er setzte sich neben Alice und nahm sie in den Arm. »Ich bin nie ganz verschwunden, selbst wenn ich wieder fortmuss. Ich werde immer bei dir sein.«

»Ich weiß. Aber ich hänge so an diesem ganzen Zeug … die Fotos von dir … deine Pokale.« Im Raum roch es sogar noch nach ihm. Dieser frische, jungenhafte Duft, eine Mischung aus Seife und Aftershave.

Sie redeten eine Weile, und dann gingen sie zusammen hinüber ins Schlafzimmer. Dort war es so warm, dass er die Jacke auszog und auf einen Stuhl warf. Plötzlich kam Charlotte herein und sah Alice stirnrunzelnd an. Sie hatte ihre Mutter wieder reden hören und begann, sich ernsthaft Gedanken zu machen. Charlotte wollte sich einen Pulli für den nächsten Tag ausleihen. Als sie wieder weg war, schimpfte Johnny mit Alice.

»Du solltest sie nicht deine Klamotten tragen lassen, Mom. Sie will damit nur die Jungen beeindrucken – vor allem die älteren.«

»Sie hat nur eine Mutter. Und ich habe nur eine Tochter, Johnny. Es ist in Ordnung, wenn sie sich meine

Klamotten ausleiht, solange sie die Sachen wieder zurückgibt.«
»Tut sie das denn?« Er sah seine Mutter skeptisch an. Alice begann zu lachen.
»Nicht immer«, räumte sie kleinlaut ein.
»Gib ja gut acht, falls sie meine Mannschaftsjacke einmal tragen will. Ich will nicht, dass sie sie irgendwo liegenlässt.«
Schließlich ging er wieder zurück in sein Zimmer, um dort noch etwas herumzukramen. Alice streifte gerade ihr Nachthemd über, da kam Jim herein. Er zog überrascht die Augenbrauen hoch, als er Johnnys Jacke auf dem Stuhl liegen sah.
»Was hat die denn hier verloren?«
»Ich … habe sie mir nur angesehen«, stammelte Alice und wandte ihm schnell den Rücken zu, damit er ihr Gesicht nicht sehen konnte. Sie log ihn so gut wie nie an, und wenn doch, dann merkte er es sofort.
»Du solltest nicht in sein Zimmer gehen«, erklärte Jim resolut. »Das regt dich nur unnötig auf.«
»Manchmal fühlt es sich eben gut an, dort zu sitzen, umgeben von seinen Sachen, und sich an ihn zu erinnern«, entgegnete Alice leise. Kopfschüttelnd ging Jim ins Bad, um seinen Pyjama anzuziehen. Er war ziemlich zurückhaltend, und genau das hatte sie immer an ihm geliebt. Bevor er mit dem Trinken begonnen hatte, gab es eine Menge Eigenschaften, die ihr an ihm gefielen. Und aus irgendeinem Grund

musste sie in den letzten Tagen immer häufiger daran denken.

Als Jim aus dem Bad zurückkam, ermahnte er sie, die Jacke am nächsten Tag zurück in Johnnys Kleiderschrank zu hängen und auch dort zu lassen. »Und dass die Kinder ja nicht damit spielen«, warnte er, »die lassen sie womöglich noch irgendwo liegen. Und ihm hat sie so viel bedeutet.«

»Das weiß ich. Und ich habe ihm versprochen, sie für Bobby aufzuheben«, erwiderte sie, ohne groß nachzudenken.

»Wann hast du ihm das versprochen?«, wollte Jim verdutzt wissen.

»Schon vor einer Ewigkeit. Kurz nachdem er sie bekommen hat.«

»Ach so.« Jim nickte und gab sich mit dieser Erklärung zufrieden. Er konnte den Anblick dieser Jacke kaum ertragen. Sie war wie Salz in einer offenen Wunde. Am liebsten wäre er auf der Stelle in Johnnys Zimmer gegangen, um sie zurückzubringen. Aber er brachte es nicht fertig, diesen Raum zu betreten.

Jim legte sich neben Alice ins Bett und schaltete das Licht aus. Es war ganz still im Haus. Alice fragte sich, wo Johnny jetzt sein mochte. Ob er immer noch seine Sachen durchsah oder wieder verschwunden war? Sie lächelte und spürte überrascht, dass Jim den Arm um sie legte. Es war schon sehr lange her, dass er zärtlich oder gar leidenschaftlich war. Meistens war er zu betrunken, und wenn die Kinder endlich im Bett waren, schlief er längst vor dem Fernseher. Alice hatte sich damit abgefunden. Ihr Liebesleben war nur ein weiteres Opfer dieser schweren Jahre.

»Du darfst nicht wieder krank werden, Alice«, sagte er, und es klang genauso zärtlich, besorgt und liebevoll wie zuvor unten im Wohnzimmer. Seine Worte rührten sie.

»Werde ich nicht. Versprochen.«

Er nickte, drehte sich auf die Seite und schlief rasch ein. Sie lauschte seinem leisen Schnarchen, während sie seine Silhouette in der Dunkelheit betrachtete und sich fragte, ob sie in ihrem Leben jemals wieder so glücklich sein würde wie früher.

6

Als Johnny eines späten Nachmittags nach Hause kam, wirkte er sehr unglücklich.

»Wo bist du gewesen?« Alice hörte sich an wie die Mutter eines x-beliebigen Teenagers, und Johnny amüsierte sich köstlich über ihre Frage.

»Bei Becky. Die Kleinen waren außer Rand und Band und treiben sie noch in den Wahnsinn.«

»Du hättest ihr doch ein bisschen zur Hand gehen können«, zog Alice ihn auf.

»Das hätte ich gern getan.« Er mochte Beckys Geschwister und war immer gut mit ihnen zurechtgekommen. »Aber ich konnte lediglich aufpassen, dass keiner mit Streichhölzern spielte und das Haus in Brand steckte. Diese Kids sind wirklich anstrengend. Becky ist heute nicht zur Arbeit gegangen, um ihrer Mutter zu helfen. Zwei ihrer Geschwister sind erkältet und konnten nicht in die Schule. Das ist einfach kein Leben für Becky. Solange ich da war, ist sie wenigstens ausgegangen und hatte ein bisschen Spaß. Jetzt geht sie nirgendwo mehr hin, Mom.«

»Ich weiß. Und ich habe es Pam schon mehr als einmal gesagt. Beide müssen dringend mehr unternehmen.«

»Ich bin mir nicht sicher, ob sie sich das leisten können«, gab Johnny zu bedenken.

»Jedenfalls habe ich Pam angeboten, mal auf die Kinder aufzupassen. Charlie könnte mir dabei helfen.«

»Vorausgesetzt, du kannst sie vom Basketballfeld loseisen, was ich bezweifle. Vielleicht schaffst du es ja, wenn du exakt die Pause zwischen der Basketball- und der Baseballsaison abpasst. Wir sollten Dad dazu bringen, endlich zu ihren Spielen zu gehen.«

»Habe ich versucht«, gestand Alice traurig. »Er will einfach nicht. Du weißt doch, dass er es albern findet, wenn Mädchen *Männersport* treiben.«

»Charlie ist eine phantastische Sportlerin und besser, als ich es je war«, schimpfte Johnny ärgerlich. »Das würde Dad sofort erkennen, wenn er nur ein einziges Mal hinginge.«

»Das wird er aber nicht«, versuchte Alice, das Thema zu beenden. Sie hatte Jim bestimmt schon hundert Mal darauf angesprochen, aber er hielt es für Zeitverschwendung.

»Ihm entgeht was – und ihr auch«, sagte Johnny frustriert.

Alice sorgte sich auch, wie sich Jims Verhalten langfristig wohl auf Charlie auswirkte. Er hatte keines ihrer Spiele gesehen, war nie dabei gewesen, wenn sie einen Home Run schlug oder einen Pokal gewonnen hatte. Dabei hatte Charlie schon jetzt fast so viele Preise wie Johnny eingeheimst, einschließlich den der »Besten Spielerin der Mannschaft« in der letzten Baseballsaison. In der Lokalzeitung war sogar ein Foto von ihr gewesen. Und Jim hatte es Charlie gegenüber mit keinem Wort erwähnt. Wenn Bobby ein so guter Spieler wäre, hätte Jim längst all seinen Freunden davon erzählt.

Als Alice Bobby von der Schule abholte, kam Johnny wieder mit. Bobby schien es heute besserzugehen. Sobald er eingestiegen war, drehte er sich um und starrte auf den Rücksitz, wo Johnny saß. Dann wandte er sich wieder nach vorn. Die ganze Fahrt über blickte er aus dem Seitenfenster, während seine Mutter mit ihm redete. Sie tat immer so, als würde er sich am Gespräch beteiligen. Zu Hause angekommen, gab Alice ihm Milch und Kekse. Johnny war direkt nach oben verschwunden, um seine Jacke wegzuhängen. Kurz darauf ging Bobby hinauf in sein Zimmer. Alice blieb in der Küche und putzte Gemüse fürs Abendessen. Sie hatte Charlie versprochen, ihr Lieblingsgericht zu kochen: Southern Fried Chicken mit Kartoffelpüree und Zucchinipuffern.

Charlotte kam an diesem Nachmittag erst spät nach Hause und ging sofort hinaus, um Korbwürfe zu üben. Das hatte Johnny in ihrem Alter auch immer getan. Alice schaute zu, bis es ihr zu kühl wurde, dann ging sie ins Haus, um sich einen Pullover zu holen. Als sie an Bobbys Zimmer vorbeikam, drangen Wortfetzen an ihr Ohr. Offenbar hörte er eine der Kassetten, die sie für ihn gekauft hatte, um ihn zum Sprechen zu animieren. Leider hatte auch das nichts bewirkt. Alice steckte den Kopf durch die Zimmertür und warf Bobby einen Kuss zu. Johnny saß auf der Fensterbank und beobachtete Bobby schweigend. Alice zwinkerte ihrem Erstgeborenen zu und ging wieder nach unten. Das Abendessen war fast fertig, da kam Johnny in die Küche und warf einen sehnsüchtigen Blick auf das Backblech mit dem duftenden Gebäck, das Alice gerade aus dem Ofen geholt hatte. Aber wie lebendig Johnny auch aussehen mochte – essen konnte er nicht. Es gab ein paar Dinge, die er nicht mehr tun konnte, aber nur wenige fehlten ihm so sehr wie Alice' Apfelkuchen und ihre selbstgebackenen Plätzchen.

»Alles in Ordnung mit Bobby?«, fragte sie abgelenkt, weil sie gerade die Zucchinipuffer abschmeckte.

»Es geht ihm gut«, erwiderte Johnny mit der größten Selbstverständlichkeit und hockte sich auf die Arbeitsplatte. Er schlenkerte mit den Beinen, wie Bobby es immer tat. »Er kann mich sehen«, fuhr er fort und wartete gespannt auf die Reaktion seiner Mutter.

»Wer kann dich sehen?«, fragte sie, während sie etwas in den Kühlschrank stellte.

»Bobby«, antwortete Johnny und musste grinsen,

weil seine Mutter herumwirbelte und ihn mit großen Augen ansah.

»Woher weißt du das?«

»Ich weiß es eben. Außerdem hat er mich berührt«, erklärte er, als wäre es die normalste Sache der Welt.

»Du hast es zugelassen? Dass er dich sieht, meine ich? Solltest du das?«

»Keine Ahnung. Ich habe gar nicht damit gerechnet, dass es außer dir noch jemand kann.« Johnny schien sich darüber zu freuen.

»Hast du ihm Angst gemacht?«, fragte Alice besorgt.

»Natürlich nicht. Warum sollte er sich vor mir fürchten? Sah er etwa verängstigt aus, als du ihn vor ein paar Minuten oben gesehen hast?«

»Nein.« Zumindest konnte Bobby das Geheimnis niemandem verraten. Vielleicht war das auch der Grund, warum »die« es zugelassen hatten. »Was hast du ihm gesagt?«

»So ziemlich das Gleiche wie dir. Dass ich nur zu Besuch hier bin und nicht für immer bleiben kann. Ist schließlich die Wahrheit. Er hat sich riesig gefreut, mich zu sehen.« Johnny war immer liebevoll mit seinem kleinen Bruder umgegangen. In dem Sommer, als der Unfall passierte, war Johnny dreizehn gewesen und hatte schreckliche Angst gehabt, dass Bobby sterben könnte. Von dem Tag an hatte er sich immer als sein Beschützer verstanden. »Ich habe lange mit ihm darüber gesprochen, wie wichtig es mir war, noch einmal zu ihm zurückzukommen, weil ich mich nicht verabschieden konnte.« Alice schossen Tränen in die Augen, dann lächelte sie Johnny liebevoll an. Sie liebte all ihre Kinder, aber in diesem Moment spürte sie mehr denn je, wie viel Johnny ihr bedeutete.

»Dann muss es deine Stimme gewesen sein, die ich vorhin oben gehört habe. Und ich dachte, es wäre eine dieser Kassetten.« Just in diesem Moment kam Bobby in die Küche marschiert. Als er seinen großen Bruder zusammen mit seiner Mom sah, strahlte er übers ganze Gesicht.

»Ganz schön aufregend, was, Bobby?«, fragte Alice leise. Bobby nickte und sah von einem zum anderen. »Aber wir dürfen es niemandem verraten.« *Als ob Bobby das täte, geschweige denn könnte*, schoss es ihr durch den Kopf. »Meinst du, dass dich irgendwann die ganze Familie sehen kann?«, wandte sie sich an Johnny. »Dad und Charlotte vermissen dich auch.«

»Vielleicht haben sie mich aber nicht ganz so bitter nötig wie ihr zwei«, mutmaßte Johnny. Er würde sonst was dafür geben, wenn Becky ihn sehen könnte. »Ich weiß nicht, wie und warum es funktioniert, Mom. Wir müssen es akzeptieren. Ich bin hier, um etwas in Ordnung zu bringen, und nicht, um Probleme zu verursachen.«

In dem Moment hörten sie Jims Wagen in der Einfahrt. Alice schaute rasch aus dem Fenster und bemerkte bei der Gelegenheit, dass Charlotte immer noch neben der Garage Korbwürfe trainierte. Als sie sah, dass Jim an seiner Tochter vorbeispazierte, ohne die geringste Regung zu zeigen, packte sie die Wut. Charlotte warf ihrem Vater einen kurzen Blick zu, aber die beiden wechselten kein einziges Wort. Alice wandte sich wieder ihren Söhnen zu. Johnny sprang von der Arbeitsplatte, nahm Bobby an die Hand und ging mit ihm nach oben. In dem Moment, als oben Bobbys Zimmertür zuging, betrat Jim auch schon die Küche. Er öffnete den Kühlschrank und nahm sich ein Bier. Alice fiel auf, wie erschöpft er aussah.

»Hast du einen harten Tag gehabt, Schatz?«, erkundigte sie sich.

»Nicht schlimmer als sonst auch«, erwiderte er, während sie das Abendessen aus dem Backofen holte. »Und wie war's bei dir?«, fragte er, ohne sonderlich interessiert zu wirken. Er machte einen zerstreuten Eindruck.

»Nichts Besonderes.« Fast hätte sie gesagt: »Ich habe ein bisschen mit den Jungs geplaudert.« Stattdessen winkte sie Charlotte, dass sie zum Essen reinkommen solle, und lief dann nach oben, um Bobby zu holen. Johnny und er saßen auf dem Fußboden. Alice wagte nur zu flüstern und wandte sich zuerst an ihren Ältesten. »Beschäftige dich eine Zeitlang allein, mein Schatz. Bobby muss jetzt essen.«

»Ich könnte doch mitkommen«, erwiderte Johnny

gekränkt, weil er sich ausgeschlossen fühlte. »Keiner wird mich sehen, Mom.«

»Bobby und ich schon. Und was ist, wenn wir uns verplappern?«

»Dann wird jeder denken, dass ihr beide verrückt seid.« Johnny lachte und selbst Bobby strahlte – was selten genug vorkam. Mit Johnny an seiner Seite wirkte er so aufgeschlossen und glücklich wie schon lange nicht mehr. »Na gut, ich werde in der Zwischenzeit nach Becky sehen.« Es war wie zu seinen Lebzeiten, als er auch ständig zwischen den Familien hin- und hergependelt war.

Alice und Bobby gingen hinunter in die Küche zu den anderen. Charlotte erzählte Jim gerade von ihrem Spiel an diesem Nachmittag, das ziemlich gut gelaufen war, und zum ersten Mal zeigte Jim einen Hauch von Interesse. Allerdings fiel er ihr schon kurz darauf ins Wort und schwärmte von den Pokalen, die Johnny in ihrem Alter errungen hatte.

»Er war der beste Allround-Sportler, den ich je gesehen habe«, verkündete Jim voller Stolz.

»Nein, Dad, *sie* ist das! Akzeptier das endlich!«, gab Johnny ihm die passende Antwort – auch wenn Jim sie nicht hören konnte –, winkte seiner Mutter und Bobby kurz zu und verschwand durch die Vordertür, die er so leise öffnete und schloss, dass es niemand bemerkte. Bobby setzte sich auf seinen Platz zwischen Charlotte und Jim. Alice beobachtete ihn zärtlich. Nur sie beide erlebten dieses Wunder, und das geheime Wissen darum brachte sie einander näher.

Es war für sie alle ein ganz gewöhnlicher Abend. Johnny tauchte erst wieder auf, als Alice bereits im Bett lag und las.

»Wie geht es Becky?«, erkundigte sie sich und spähte über den Rand ihrer Lesebrille. Sie trug sie erst seit kurzem und hatte sich gefreut, als Johnny sagte, dass sie ihr gut stehe.

»Morgen Abend hat sie eine Verabredung«, antwortete er triumphierend.

»Wie ist das denn jetzt so plötzlich passiert?«, fragte Alice verblüfft. Gerade heute hatten sie darüber gesprochen, wie trostlos Beckys Leben jetzt war.

»Sie hat bei der Arbeit jemanden getroffen, den wir noch aus der Schule kennen. Der Bursche studiert im zweiten Jahr an der Universität von Los Angeles. Momentan ist er allerdings hier. Er hat sich für ein Semester beurlauben lassen, um bei seinem Vater zu jobben. Heute Abend rief er an und hat sich mit ihr verabredet.« Obwohl Johnny das Ganze mit gemischten Gefühlen betrachtete, klang er zufrieden. Der Junge hieß Buzz, war gutaussehend, intelligent und nett. »Ich hoffe nur, dass er gut genug für sie ist«, meinte Johnny nachdenklich. »Aber als er heute in den Drugstore kam, machte er einen ganz ordentlichen Eindruck auf mich. Er hat seinen Highschool-Abschluss gemacht, als wir im zweiten Jahr waren.

Ich weiß, dass Becky ihm immer gefallen hat, er sich aber nie traute, sie anzusprechen. Heute hat er sie sofort wiedererkannt.«
»Hast du das eingefädelt?«, fragte Alice mit einer Mischung aus Neugier und Bewunderung.
»Ich denke schon.« Johnny hatte bislang nicht endgültig herausfinden können, wie weit sein Einfluss eigentlich reichte. »Übrigens ist Charlie noch auf. Ist es nicht ein bisschen spät für sie?«
»Aber nein.« Alice lächelte. »Sie ist vierzehn. Du bist in dem Alter noch später ins Bett gegangen.« Es amüsierte sie, dass Johnny meinte, seine Schwester beaufsichtigen zu müssen. In diesem Moment betrat Jim das Zimmer. Sie hatten ihn nicht kommen hören, und er wirkte erstaunlich nüchtern für diese Uhrzeit.
»Mit wem hast du gesprochen?« Er sah Alice forschend an.
»Oh ... ich ... mit mir ... das mache ich manchmal, wenn ich allein bin.« Sie bemühte sich, zwanglos zu wirken.
»Du solltest dich in Acht nehmen«, zog er sie auf, »die Leute reden schon über dich.« Sie nickte, während sich Johnny unauffällig zurückzog und in sein Zimmer ging. »Du hast während der letzten Tage phantastische Laune gehabt. Gibt es einen besonderen Grund?«
»Ich fühle mich einfach besser. Diese Magengeschichte scheint tatsächlich abzuklingen.« Ihm war nicht

entgangen, dass die Trauer über Johnnys Tod sie anscheinend nicht mehr so mitnahm wie am Anfang. Sie wirkte viel ausgeglichener, und sie redete wieder entspannter mit ihm. Sogar den Kindern schien es besserzugehen. Wenn er das doch nur auch von seinen Geschäften behaupten könnte.

An diesem Abend lagen sie eine Weile wach im Bett und redeten. Alice konnte sich des Gefühls nicht erwehren, dass Jim weniger trank. Und als sie am nächsten Morgen ins Wohnzimmer kam, stand tatsächlich die Hälfte der Bierflaschen unberührt neben seinem Sessel. Sie räumte sie gerade zurück in den Kühlschrank, da kam Johnny in seiner Mannschaftsjacke die Treppe herunter. Er hatte Alice gebeten, ihn an diesem Morgen zu Pams Schönheitssalon zu begleiten. Er habe dort etwas zu erledigen. Da Alice sonst nichts vorhatte, stimmte sie zu. Sie fuhr ihn gerne, so wie früher, als er noch ein kleiner Junge war. Diese gemeinsamen Fahrten mit dem Auto hatte sie immer genossen.

»Und was soll ich Pam sagen, wenn wir da sind?«, wollte Alice wissen. Johnny spielte am Radio herum und wechselte mit einem Riesenspaß von einem Sender zum nächsten, um möglichst viele seiner Lieblingssongs zu hören.

»Junge, wie ich das vermisst habe«, sagte er glücklich. Alice lachte und erinnerte ihn dann daran, dass sie Pam nie zuvor in ihrem Geschäft aufgesucht hatte

und ihr heutiger Besuch deshalb seltsam wirken könnte. »Sag ihr, du möchtest eine neue Frisur.«
»Und weiter? Was willst du eigentlich bei ihr?«
»Ich soll dort jemanden treffen. Das habe ich letzte Nacht herausgefunden. Wir reden später darüber.« Er stellte die Musik so laut, dass eine Unterhaltung unmöglich wurde. Fünf Minuten später waren sie da, und wie vermutet, sah Pam Alice überrascht an.
»Geht es dir gut?« Pam fand, dass Alice ein bisschen überdreht wirkte, und fragte sich, ob sie wegen der Magengeschichte Psychopharmaka bekam. Sie verhielt sich in letzter Zeit merkwürdig und wirkte nun geradezu euphorisch.
»Und ob. Ich habe mir überlegt, dass ich mal wieder zum Friseur gehen könnte.«
»Hast du etwas Besonderes vor?«
»Ich bin gleich zum Essen verabredet«, erklärte Alice und sah, dass Johnny sich an einem der Trockner zu schaffen machte. »Spiel da nicht dran herum!«, entfuhr es ihr. Pam starrte sie verständnislos an und hatte nicht den blassesten Schimmer, was Alice meinen könnte.
»Womit soll ich nicht herumspielen?«
»Mit meinem Haar, meine ich. Frisier es bitte einfach nur.«
»Natürlich, Alice, kein Problem«, sagte Pam beschwichtigend. Sie war ehrlich besorgt, auch wenn Alice eigentlich gesund und munter wirkte. Ganz

sicher ging es ihrem Magen mittlerweile besser. Aber sonderbar war sie schon geworden.

Eine der Auszubildenden wusch Alice das Haar. Danach wurde es geschnitten, geföhnt und anschließend frisiert. Johnny marschierte währenddessen mit wichtiger Miene und äußerst geschäftig wirkend davon. Als er eine Stunde später zurückkam, hatte sich der etwas langweilige Haarschnitt seiner Mutter in einen modischen Pagenkopf verwandelt. Johnny kam nicht allein, sondern hatte einen Mann im Schlepptau. Er war Vertreter für Haarpflegeprodukte, hatte sein Büro in Los Angeles und war unterwegs, um den hier ansässigen Kosmetiksalons seine Produktpalette vorzustellen. In Jackett und Krawatte und mit einem jugendlichen Kurzhaarschnitt machte er nicht nur einen ansprechenden Eindruck, sondern wirkte zudem sehr nett und durchaus nicht uninteressant. *Der Bursche sieht ziemlich gut aus,* dachte Alice, während er sich mit Pam und ihr unterhielt. Pam schien das allerdings nicht zu bemerken. Aber immerhin unterhielten sich die beiden noch, als Alice schließlich gehen musste. Pam hatte es strikt abgelehnt, dass Alice etwas für ihre neue Frisur bezahlte. Sie wirkte gut gelaunt und winkte Alice zum Abschied.

»Hast du dafür gesorgt?«, fragte Alice draußen ihren Sohn, der sie mit Unschuldsmiene ansah.

»Wofür gesorgt?«

»Dieser Bursche mit seinen Haarpflegeprodukten – hast du irgendetwas damit zu schaffen, Johnny Peterson?«

»Ich habe Besseres zu tun, als Beckys Mom zu einem Rendezvous zu verhelfen. Das ist nicht der Grund, warum ich herkam«, erwiderte er mit einem Selbstbewusstsein, das gar nicht zu seinem Alter passte.

»War ja nur eine Frage«, meinte Alice und war längst nicht überzeugt.

Als sie Bobby an diesem Nachmittag von der Schule abholten, reagierte er erfreut auf Alice' neue Frisur. Er setzte sich zu Johnny auf die Rückbank, und aus dem Radio dröhnte laute Musik. Johnny sang mit, und Bobby nickte im Takt dazu. Er genoss es, seinen Bruder wiederzuhaben. Zu Hause angekommen, ging Johnny spontan mit Bobby Korbwürfe üben. Als Charlotte kam, trainierten die beiden immer noch. Sie wirkte mürrisch, weil sie bei einem Französischtest durchgefallen war. Als sie sah, wie Bobby tapfer versuchte, mit dem Ball den Korb zu treffen, musste sie lächeln. Ihren älteren Bruder, der nur wenige Meter danebenstand, konnte sie nicht sehen.

»Komm, ich zeige dir, wie es geht«, sagte sie und schnappte sich den Ball. Sie dribbelte ein paarmal und versenkte ihn beim ersten Versuch im Korb. Dann erklärte sie Bobby genau, wie sie das gemacht hatte.

»Schau dir das an, sie ist phantastisch!«, rief Johnny bewundernd. Bobby wandte sich ihm zu und grinste.

»Warum guckst du denn hinter mich?«, fragte Charlotte. »Du musst immer den Korb im Auge behalten. Schau auf das Ziel und nicht über meine Schulter.«

»Sie hat recht«, stimmte Johnny zu. »Hör auf, mich anzusehen, und tu, was sie sagt. Das hier kann sie viel besser als ich.«

Alice sah vom Fenster aus zu und freute sich, ihre drei Kinder zusammen zu sehen. Ihr war klar, dass es das letzte Mal sein könnte. Deshalb machte dieser Anblick sie gleichermaßen glücklich wie traurig.

Jim kam bereits eine halbe Stunde später nach Hause und begrüßte sie mit den Worten, er habe ihr etwas Wichtiges mitzuteilen.

»Wir haben heute zwei neue Klienten gewonnen«, verkündete er sichtlich erfreut. »Beides sind neue Firmen, die wir dabei unterstützen sollen, sich im Markt zu etablieren. Riesenaufträge – das könnte für die Kanzlei der Wendepunkt sein.«

»Wirklich?«, strahlte Alice, und plötzlich wurde ihr klar, was Johnny Wichtiges zu erledigen gehabt hatte: ein Mann für Pam, eine Verabredung für Becky, Charlotte schien Bobby unter ihre Fittiche zu nehmen, und Jim hatte zwei Großaufträge. Nicht schlecht für einen siebzehnjährigen Engel. Nach dem Essen gratulierte sie ihm zu seinen Erfolgen.

Johnny sagte, dass er gleich noch bei Becky vorbeischauen wolle.

»Ich hoffe, Buzz fährt besser Auto als ich«, scherzte er, aber Alice sah ihn entsetzt an.

»Sag nicht solch schreckliche Sachen«, wies Alice ihn zurecht.
Johnny lächelte und küsste sie zum Abschied auf den Scheitel.
Alice blieb noch einen Moment allein in der Küche stehen und dachte über Johnny nach. Hoffentlich erfüllte er seinen Auftrag nicht zu schnell. Sie hatte es nicht eilig, ihn wieder gehen zu lassen, und er wollte sicher so schnell auch nicht zurück.

7

Beckys erste Verabredung mit Buzz Watson verlief gut – abgesehen davon, dass sie fast den ganzen Abend nur über Johnny redete. Sie waren erst im Kino, und anschließend lud Buzz sie zu einem Hamburger in Joe's Diner ein. Dorthin hatte sie mit Johnny in der Unglücksnacht gewollt, und während der Highschool-Jahre war es für alle ein beliebter Treffpunkt gewesen. Während Becky von der gemeinsamen Zeit mit Johnny schwärmte, saß dieser lächelnd neben ihr. Ein- oder zweimal sah Becky sogar zu ihm hin, aber für sie war er ja nicht sichtbar. Johnny musste sich eingestehen, dass Buzz wirklich ein netter Kerl war. Früher hatte er ihn für ein bisschen hochnäsig gehalten. Er war eines der wenigen »Reiche-Leute-Kinder« auf ihrer Schule gewesen. Seinem Vater gehörte eine Weinhandlungskette mit Filialen in ganz Kalifornien. Die Familie reiste jeden Sommer nach Europa, und Buzz hatte immer tolle Autos gefahren.

Buzz hörte Becky den ganzen Abend lang geduldig zu und sagte, er habe Johnny zwar nicht gut gekannt,

ihn aber immer als einen fairen und sympathischen Mitschüler erlebt. Er versuchte weder, das Thema zu wechseln, noch Beckys Wortschwall zu stoppen. Ein paarmal füllten sich ihre Augen mit Tränen, und Buzz drückte verständnisvoll ihre Hand.
Später im Auto machte er auch nicht den kleinsten Annäherungsversuch. Er fuhr Becky nach Hause und sprach unterwegs von seinem Studium. Sein Hauptfach war Wirtschaft, und er überlegte, anschließend noch seinen MBA zu machen. Nächstes Semester würde er wieder zurück an die Uni gehen. Diesen Sommer war sein Vater krank geworden und brauchte Hilfe in der Firma, deshalb hatte Buzz ein Urlaubssemester eingeschoben. Becky erzählte, dass sie sich im Frühjahr erneut um ein Stipendium bewerben wolle und dann hoffentlich ab Herbst mit dem Studium beginnen konnte. Dass es aber für die Zwischenzeit okay sei, im Drugstore zu arbeiten und ihrer Mutter zu helfen.
Buzz war der älteste Sohn und hatte seit seinem vierzehnten Lebensjahr in den Ferien und am Wochenende bei seinem Vater gejobbt. Seit Beginn des Studiums arbeitete er jeden Sommer zwei Monate lang in dem Unternehmen. Er wusste eine Menge über das Geschäftsleben und erklärte Becky die Vorzüge eines guten Weines. Jeden Sommer fuhr die ganze Familie für einen Monat nach Frankreich, damit sein Vater die Weingüter besuchen konnte. Buzz hatte ihn

immer begleitet und viel gelernt, mehr als seine Geschwister jedenfalls, die sich bisher überhaupt nicht für das Weingeschäft interessierten.
Becky gefiel ihm, das war nicht zu übersehen. Er fand sie genauso hübsch, wie er sie in Erinnerung gehabt hatte. Er habe sogar mit dem Gedanken gespielt, sie zum Abschlussball einzuladen, gestand er ihr, aber das sei damals natürlich unmöglich gewesen – wegen Johnny. Er zog sie ein bisschen damit auf, dass sie nicht einmal gemerkt hätte, dass er überhaupt existierte, und entlockte ihr damit tatsächlich ein Lächeln.
»Doch, das wusste ich.« Sie hatten damals einen Französischkurs zusammen gehabt, aber er und seine Freunde waren alle zwei Jahre älter gewesen als sie. Becky hätte sich nie getraut, ihn anzusprechen.
»Ich dachte, Johnny würde mir an die Gurgel gehen, wenn ich mich mit dir verabrede«, sagte Buzz lachend. »Davon abgesehen, warum hättest du dich für mich interessieren sollen? Er war der Star der Footballmannschaft.« Das stimmte, aber an Buzz gefiel ihr auch eine Menge: Er war so vernünftig und erwachsen. Mit seinen fast einundzwanzig Jahren hatte Buzz für sie mehr von einem Mann als von einem Jungen. »Das war ein sehr schöner Abend, Becky«, sagte er mit sanfter Stimme. »Es ist sicher nicht leicht für dich, mit jemand anderem auszugehen.« Sie erklärte ihm vorsichtig, dass sie noch nicht wisse, ob sie schon so weit sei, an eine neue Beziehung zu denken.

Aber diesen Abend habe sie sehr genossen, und sie fände es spannend, was er über die Uni, das Weingeschäft und Frankreich erzählte habe.
Abgesehen von der jeweiligen finanziellen Situation ihrer Familien, hatten sie doch einiges gemeinsam. Buzz war ebenfalls das älteste Kind. Er hatte drei Brüder und vier Schwestern und fühlte sich für diese mitverantwortlich.
Zum Abschied fragte er Becky, ob sie Lust hätte, am Samstagabend mit ihm essen zu gehen.
»Sehr gern, Buzz«, stimmte sie freudig zu, während er ihr aus dem Wagen half. Vor zwei Jahren, zum Beginn des Studiums, hatte er von seinem Vater einen Mercedes bekommen. Buzz schlug ein französisches Restaurant vor, von dem Becky schon gehört hatte. Er kannte sich nicht nur gut mit Wein aus, er liebte auch die französische Küche.
»Wie fändest du das?«, fragte er auf dem Weg zur Haustür. »Oder wäre dir Kino und Joe's Diner lieber? Es könnte Spaß machen, mal etwas anderes auszuprobieren, aber ich mag beides.« An einen Baum gelehnt, hörte Johnny den beiden zu und kämpfte mit seinen Gefühlen. Im Grunde freute er sich ja, dass dieser Bursche Becky ganz offensichtlich gernhatte und sie ein bisschen verwöhnen wollte. An der Haustür drehte Becky sich um und sah Buzz sehr ernst an.
»Tut mir leid, dass ich so viel über Johnny geredet

habe«, sagte sie leise, »ich vermisse ihn einfach. Ohne ihn ist alles anders.«
»Ist schon in Ordnung, Becky. Ich kann das verstehen.«
Sie nickte. Buzz hielt ihr die Tür auf und ging mit ihr ins Haus. Eine Minute später kam er allein wieder heraus und fuhr weg. Johnny sah dem Mercedes nach, bis er verschwunden war. Erst dann ging er langsam nach Hause.
Seine Mutter war bereits im Bett und las. Als er ihr Zimmer betrat, blickte sie hoch und lächelte ihn an.
»Wo bist du so lange gewesen?« Genau die gleiche Frage hätte sie ihm auch gestellt, wenn er noch am Leben wäre.
»Mit Becky aus«, antwortete er und wirkte irgendwie traurig. In diesem Moment hatte er sehr viel mehr von einem Jungen als von einem Mann.
»Aber sagtest du nicht, dass sie heute Abend eine Verabredung hatte?«
»Hatte sie auch. Mit Buzz Watson. Ziemlich netter Bursche.«
»Bist du den beiden etwa den ganzen Abend gefolgt?« Alice hielt das für keine gute Idee.
»Nein, ich war nur beim Essen dabei. Danach hatte ich etwas zu erledigen und habe vor Beckys Haus auf sie gewartet.«
»Komm mal her zu mir.« Alice klopfte mit der Hand neben sich auf das Bett, und Johnny setzte sich. »War-

um hast du das getan?« Sie machte sich Sorgen um ihren Sohn, insbesondere wenn sie diesen Ausdruck in seinen Augen sah.

»Ich wollte nur sichergehen, dass er nett zu ihr ist.«

»Und? Ist er?«

»Ja. Sie hat viel von mir gesprochen, und er hat ihr den ganzen Abend zugehört. Nächsten Samstag will er mit ihr ins *Chez Jacques.*«

»Vielleicht solltest du die beiden lieber allein lassen. Es tut dir nicht gut, zu sehen, wie sie mit jemand anderem ausgeht.«

»Ich fand es wichtig, die Dinge am Anfang ein bisschen im Auge zu behalten.« Er lächelte seine Mutter an. »Ganz schön dämlich von mir, nicht wahr? Ich habe sie mit ihm zusammengebracht, und jetzt weiß ich nicht, ob mir das wirklich gefällt. Das ist nicht leicht, Mom.«

»Wie läuft es bei Pam?«, fragte sie, um ihn abzulenken.

Johnny grinste. »Nächsten Freitag geht sie mit Gavin aus, dem Burschen aus Los Angeles. Er ist ganz verrückt nach ihr.«

»Das ist gut. Sie braucht unbedingt wieder jemanden in ihrem Leben. Seit Mikes Tod hatte sie keine einzige Verabredung.« Johnny nickte nachdenklich. Becky zusammen mit Buzz zu sehen hatte ihn aus dem Konzept gebracht. Schließlich seufzte er und sah Alice an.

»Es geht mir gut, Mom. Alles entwickelt sich so, wie es soll. Ich sehe noch kurz nach Charlie. Wie war Dad heute Abend drauf?«

»Er ist vor dem Fernseher eingeschlafen.« Sie zuckte mit den Schultern, schließlich war sie es nicht anders gewohnt. Aber Johnnys Rückkehr entschädigte sie für vieles.

Während der nächsten Wochen verbrachten Buzz und Becky eine Menge Zeit miteinander. Er führte sie in nette Restaurants, ging mit ihren Brüdern zum Football und brachte ihrer Mom ein paar gute Weine mit. Buzz wurde zu einem regelmäßigen Gast bei den Adams'. Bisher hatten er und Becky sich lediglich geküsst. Er wollte sie nicht drängen, und immerhin redete sie schon nicht mehr ganz so viel von Johnny wie am Anfang. Mit Pams neuem Freund, der sie jedes Wochenende besuchen kam, verstanden sie sich beide prächtig. Allen war klar, wie viel Gavin für Pam empfand, und er kam hervorragend mit ihren Kindern zurecht.

Einmal gingen sie sogar zu viert abends aus: Gavin, Pam, Buzz und Becky. Sie aßen in einem kleinen italienischen Restaurant, und Buzz empfahl einen ziemlich unbekannten, aber phantastischen Wein aus dem Napa Valley. Sie hatten eine Menge Spaß. Johnny kam an diesem Abend gut gelaunt nach Hause und berichtete Alice alles ausführlich.

»Ich bin ja nach wie vor der Meinung, du solltest

dir freinehmen, wenn sie ausgehen«, schalt sie ihn und fragte dann, ob er an Halloween mit Bobby von Tür zu Tür singen gehen würde. Charlotte hatte klargestellt, dass sie aus dem Alter heraus sei. Sie würde mit ein paar Freundinnen zu Hause bleiben und Süßigkeiten verteilen, wenn die Kleinen singen kämen. Deshalb hatte Alice überlegt, selbst mit Bobby durch die Nachbarschaft zu ziehen. Sie war noch unentschlossen, als was er sich verkleiden sollte – als Superman, Batman oder mit einem dieser niedlichen Ninja-Kostüme, die sie kürzlich gesehen hatte.

»Ich begleite ihn«, bot Johnny sofort an.

»Das wird bestimmt lustig. Versuch du doch herauszufinden, was für ein Kostüm er gern hätte.« Letztes Jahr war er als Luke Skywalker aus *Star Wars* gegangen.

Wenige Tage später grübelte Alice wieder einmal darüber nach. Auf dem Weg nach oben kam sie an Bobbys Tür vorbei und hörte Johnnys Stimme und dann lautes Lachen. Alice hielt inne, ging zurück und lauschte. Zuerst konnte sie nur Johnny hören, der seinem Bruder etwas erzählte. Eine Kassette lief wohl nicht, aber Alice war ganz sicher, noch jemanden reden gehört zu haben. Ohne lange zu überlegen, drückte sie die Klinke herunter und öffnete die Tür. Bobbys Spielsachen lagen überall verstreut. Die beiden Jungen saßen mittendrin auf dem Fußboden und wirkten irgendwie ertappt.

»Na, was macht ihr zwei denn so?«, fragte sie möglichst ungezwungen und schloss die Tür hinter sich. Sie musterte ihre beiden Söhne forschend. Johnny lächelte sie so seltsam an. Plötzlich ahnte Alice etwas.
»Geht hier irgendetwas Lustiges vor?« Sie blickte fragend von einem zum anderen. Johnny wandte sich mit vielsagendem Gesichtsausdruck an seinen Bruder und flüsterte ihm etwas ins Ohr.
Langsam hob Bobby den Kopf und sah seine Mutter an. Alice stockte fast der Atem. Sie nahm Bobbys Hand und setzte sich neben ihn. Mit beiden Händen umschloss sie Bobbys Gesicht. Tränen schossen ihr in die Augen, denn sie spürte ganz deutlich, dass da etwas war, das jetzt endlich aus ihm herausbrechen wollte.
»Geht es dir gut?«, fragte sie ergriffen. Johnny ließ ihn nicht aus den Augen.
»Tu es«, sagte Johnny, als Bobby zwischen ihm und seiner Mutter hin- und hersah.
»Ja, Mom«, flüsterte Bobby. Alice schluchzte und schloss Bobby ganz fest in die Arme. Gleichzeitig lachend und weinend löste sich Alice von ihrem Jüngsten, hielt Johnny die Hand hin und zog ihn mit in den Kreis.
»O Bobby«, war alles, was sie im ersten Moment herausbekam. »Seit wann …?«
»Seit Johnny wieder da ist. Er hat gesagt, dass wir sonst nichts Spannendes miteinander spielen kön-

nen.« Johnny lächelte die beiden an, und Alice musste sich die Tränen von den Wangen wischen, die ohne Unterlass liefen.

»Wirst du jetzt mit uns allen reden?« Alice fragte sich, wie lange Bobby wohl schon dazu in der Lage gewesen war und wie viel seinem Vater diese Nachricht bedeuten würde. Aber Bobby schüttelte den Kopf und sah Johnny an.

»Vielleicht schon bald, Mom«, sagte dieser leise. »Bobby muss sich schrittweise daran gewöhnen. Er spricht jetzt erst einmal nur mit dir. Aber er macht seine Sache wirklich gut.« Er fuhr Bobby durchs Haar. »Heute Morgen hat er mir schon richtig viel erzählt.« Bobby kicherte bei der Erinnerung. Er hatte eines von diesen Wörtern benutzt, die sie ihm wohl nicht erlauben würden, und wenn sie noch so dankbar waren, seine Stimme zu hören.

»Können wir es Daddy nicht doch sagen?« Alice fühlte sich schrecklich bei dem Gedanken, auch diese Neuigkeiten nicht mit Jim teilen zu können.

»Noch nicht«, antwortete Johnny an Bobbys Stelle. »Aber bald, versprochen!«

Alice wollte die beiden nicht drängen. Eine innere Stimme sagte ihr, dass es besser sei, Johnnys Wünsche zu respektieren. Sie saßen noch eine ganze Weile zusammen auf dem Fußboden und unterhielten sich leise. Irgendwann klopfte es an der Tür, und Charlotte steckte den Kopf ins Zimmer.

»Mom, deine Plätzchen verbrennen.« Sie bemerkte weder ihren großen Bruder noch das Strahlen in Bobbys Gesicht, sondern sah lediglich ihre Mom mit Bobby auf dem Boden sitzen, umgeben von allerlei Spielsachen. »Ich habe sie aus dem Ofen geholt«, teilte sie noch kurz mit, dann schloss sie die Tür wieder. Alice stand auf, küsste beide Söhne und eilte leichtfüßig nach unten. Immerzu musste sie daran denken, wie Jim zumute sein würde, wenn er davon erführe.

Beim Abendessen lächelte Bobby ihr verschwörerisch zu. Jetzt teilten sie schon zwei große Geheimnisse miteinander. Nach dem Essen blieb er noch lange bei ihr in der Küche und half beim Abwasch. Er sagte nichts, aber Alice fühlte eine wunderbare Nähe zwischen ihnen. Nachdem sie fertig waren, drückte sie ihn ganz fest und flüsterte: »Ich liebe dich, Bobby.« Er schlang glücklich die Arme um seine Mom. Dann ließ er sie los, strahlte sie an und ging schweigend nach oben.

8

An Thanksgiving herrschte dieses Jahr eine traurige Stimmung bei den Petersons, vor allem für Jim und Charlotte. Die beiden taten Alice leid, und sie wünschte, sie könnten an Johnnys Anwesenheit teilhaben. Der war häufig mit Bobby zusammen oder hielt sich bei ihr in der Küche auf.

Als Alice den Truthahn aus dem Ofen holte und zerlegte, sah Johnny ihr dabei zu und verzog genüsslich das Gesicht. Jim hatte bereits so viel getrunken, dass Alice ihn nicht mit dem Messer hantieren lassen wollte. Er würde entweder den Braten ruinieren oder sich verletzen.

»Junge, duftet das gut, Mom. Und er ist noch größer als der im letzten Jahr«, stellte Johnny bewundernd fest.

»Einen kleineren konnte ich nicht auftreiben«, sagte sie laut zu ihm, während sie eine der Keulen abtrennte und sich die Finger ableckte. Johnny schnupperte an der Bratensoße. »Pass auf, dass du nichts verschüttest.«

»Was soll ich nicht verschütten?«, fragte Charlotte

verständnislos. Sie war unbemerkt in die Küche gekommen und wollte ihrer Mutter helfen.

»Die Soße. Nicht du … ich meinte …« Alice war mit den Gedanken ganz woanders und vergaß beinahe, dass Charlotte Johnny ja gar nicht sehen konnte.

»Mit wem hast du gesprochen, Mom?« Charlotte war sichtlich besorgt.

»Mit niemandem, Liebes. Ich habe nur laut gedacht.« Mit gesenktem Kopf trug Charlotte ein Tablett mit Süßkartoffeln und Marshmallows hinaus. Ihre Mutter verlor offenbar vor lauter Kummer so langsam den Verstand, ihr Vater war schon seit dem frühen Nachmittag betrunken und Johnny nicht mehr da. Charlotte wünschte, sie könnten dieses Fest ausfallen lassen. Sie ging zurück in die Küche, um die Preiselbeersoße zu holen. Als sie eintrat, hatte Alice ihr den Rücken zugewandt und sagte laut und deutlich: »Hör sofort auf damit. Wenn du noch ein einziges Mal etwas anrührst, ziehe ich dir die Ohren lang.« Sie sagte es ausgesprochen gut gelaunt, und Charlotte war endgültig davon überzeugt, dass ihre Mutter verrückt wurde.

»Ich dachte, die Sachen sollen auf den Esstisch?«, fragte Charlotte. Alice wirbelte herum und lief rot an.

»Sollen sie auch. Tut mir leid … diese Kocherei bringt mich ganz durcheinander.«

»Mom, du musst mit diesen Selbstgesprächen aufhören«, redete Charlie verzweifelt auf sie ein. Natürlich war Johnnys Tod der Grund für das merkwürdige Verhalten ihrer Mutter, aber Charlotte fand das weder normal noch gesund. Dad hatte ihr erzählt, dass Alice auch im Schlafzimmer Selbstgespräche führte, wenn sie sich allein wähnte. Er war ein paarmal mitten in eine rege Unterhaltung hineingeplatzt. »Mom, geht es dir gut?«, fragte Charlotte, während sie die Soßenschüssel in der einen Hand und den Teller mit grünen Bohnen in der anderen balancierte.

»Aber natürlich, mein Schatz. Ganz ehrlich. Ich bin in zwei Minuten mit dem Braten bei euch.«

»Und du gehst so lange spielen, während wir essen«, zischte sie Johnny leise zu und wollte aus der Küche eilen.

»Aber dann verpasse ich Thanksgiving, Mom!« Ihr Vorschlag hatte ihn offenbar getroffen.

»Du bringst Bobby dazu, sich sonderbar aufzuführen … und mir rutscht früher oder später etwas heraus, was ich nicht sagen sollte«, flüsterte sie.

»Ich werde mich benehmen. Versprochen!«, schwor er feierlich und folgte ihr, als sie den zerlegten Braten mitsamt Füllung hinübertrug. Neben Weihnachten war Thanksgiving immer Johnnys Lieblingsfest gewesen.

Alice gab jedem ein Stück Braten. Jim wartete nicht auf die anderen, sondern begann geistesabwesend zu essen, sobald sein Teller gefüllt war. Charlotte schwieg die ganze Zeit, und Bobby lächelte Johnny an. Aber der legte den Zeigefinger an die Lippen und signalisierte, dass Bobby ihn nicht so oft anschauen sollte. Als Alice das sah, musste sie kichern.

»Was ist denn so lustig?«, fragte Jim, und man konnte den Alkoholeinfluss deutlich merken. Alice schaute ihn traurig an. Es tat weh, ihn in diesem Zustand zu sehen, vor allem wegen der Kinder. Bobby warf seinem Vater einen enttäuschten Blick zu und schüttelte den Kopf.

»Warum musste Dad sich heute so betrinken?«, fragte Johnny seine Mutter wenig später in der Küche, während sie noch etwas von dem Truthahnbraten abschnitt.

»Was denkst du wohl?« Sie seufzte und goss Soße auf die Fleischplatte. »Weil wir dich alle vermissen. Und dann natürlich wegen dieser alten Geschichte. Wirklich schade, dass er dich nicht sehen kann. Ich glaube, es würde ihm helfen. Warum du dich ihm wohl nicht zeigen sollst?«

»Weil er es nicht verstehen würde«, antwortete Johnny, ohne zu zögern.

»Das tue ich doch auch nicht – trotzdem genieße ich es.« Sie küsste Johnny und ging dann mit der frisch gefüllten Servierplatte zurück zu den anderen.

»Wieder Selbstgespräche geführt?« Auch nach so viel Alkohol war Jim das nicht entgangen.

»Entschuldige«, murmelte Alice, während Charlotte sie betrübt ansah. Sie hasste es, wenn ihr Vater betrunken war. Und jetzt wurde ihre Mutter auch noch sonderbar. Ohne Johnny war Thanksgiving eine einzige Qual.

»Die Adams' wollen nach dem Essen vorbeikommen«, sagte Alice.

»Muss das sein?« Jim klang alles andere als erfreut. Er wollte sich einfach nur mit einem Bier vor den Fernseher setzen und in Ruhe ein Footballspiel ansehen.

»Sie sind unsere Freunde«, erinnerte Alice ihn.

»Na und? Johnny ist tot und Becky nicht mehr seine Freundin.« Alice erwiderte nichts darauf. Nach dem Hauptgang half Charlotte ihr, den Tisch abzuräumen. Sie empfand es als Erleichterung, in die Küche verschwinden zu können.

»Ich hasse ihn«, sagte Charlotte und stellte die Teller auf die Arbeitsplatte. Bobby kam herein und brachte seinen Teller selbst. Alice nahm ihn entgegen. Jim war bereits vom Tisch aufgestanden, ohne auf den Kürbiskuchen mit Schlagsahne zu warten, den Alice extra gebacken hatte.

»Er kann nicht anders, Charlie. Das weißt du doch«, versuchte Alice ihre Tochter zu besänftigen.

»Doch. Niemand zwingt ihn, sich ständig zu betrinken. Es ist widerlich.« Dass Charlotte so unglücklich war, tat Alice in der Seele weh.

»Er vermisst Johnny«, beschwichtigte Alice sie.

»Das tue ich auch«, brauste Charlotte zornig auf, »ebenso wie du. Und du betrinkst dich nicht stän-

dig«, fügte sie unerbittlich hinzu. »Du führst stattdessen Selbstgespräche. Das ist zwar seltsam, aber nicht so krank wie das, was er macht.«
»Rede nicht so über deinen Vater«, fuhr Alice sie streng an.
»Und warum nicht? Schließlich ist es die Wahrheit. Dad ist Alkoholiker, Johnny ist weg, und Bobby wird nie wieder sprechen können.« Sie hatte Tränen in den Augen, und man konnte ihr den Kummer deutlich ansehen.
»Vielleicht hört Dad ja bald damit auf.« Alice schnitt seufzend den Kuchen an, obwohl niemand Appetit hatte.
»Sicher.« Charlie stippte den Finger in die Sahne und leckte ihn ab. »Das glaube ich erst, wenn ich es sehe.«
»In letzter Zeit ist es schon etwas besser geworden«, meinte Alice hoffnungsvoll, aber Charlotte wirkte wenig überzeugt.
»Und warum heute? Wenigstens an Thanksgiving hätte er nüchtern bleiben können.«
Sie stocherten alle drei in ihrem Kuchen herum. Johnny saß zwischen Charlotte und Bobby auf dem Platz seines Vaters. Als Alice gerade anfing, den Tisch abzuräumen, klingelte es an der Haustür. Draußen stand Pam mit Becky und ihren Geschwistern. Sie kamen mit lautem Hallo herein und begrüßten die Petersons. Johnny konnte den Blick nicht von Becky wenden. Sie sah wunderschön aus in dem dunkel-

blauen Kleid, das ihr langes, goldfarbenes Haar noch betonte. Der traurige Blick ihres Sohnes versetzte Alice einen Stich.

»Frohes Thanksgiving euch allen!«, wünschte Pam und überreichte Alice einen Apfelkuchen, den sie und Becky an diesem Morgen gebacken hatten. »Wie war das Essen?«

»Ganz okay«, sagte Alice leise, während Charlotte mit Becky und ihren Schwestern nach oben in ihr Zimmer ging. Johnny folgte ihnen schweigend. Alice signalisierte Bobby, er möge die Jungen mit in sein Zimmer nehmen. Pam begleitete Alice in die Küche. Es war nicht schwer, zu erraten, dass dieses Thanksgiving für die Petersons hart war. Pam konnte sich nur zu gut an das erste Jahr nach Mikes Tod erinnern. Die Feiertage waren die reinste Qual gewesen. Und vorhin zu Hause war Becky während des Essens in Tränen ausgebrochen und hatte gejammert, wie sehr sie Johnny vermisse.

»Wo steckt Jim?«, fragte Pam. Alice wies mit dem Kopf Richtung Wohnzimmer. Sie konnten den Fernseher bis in die Küche hören.

»Er sieht sich ein Footballspiel an und ist nicht in der besten Stimmung, so wie wir alle.«

»Weihnachten wird es noch schlimmer sein. Du tust gut daran, dich zu wappnen.« Alice nickte und fuhr fort, das schmutzige Geschirr wegzuräumen.

»Und wie läuft es bei dir?«, erkundigte sie sich dann.

Eine Kanne Kaffee stand bereits auf dem Tisch, und Pam schenkte ihnen eine Tasse ein.

»Spannend«, gestand sie verlegen grinsend. »Ich bin mir nicht sicher, wo das alles hinführt – aber es gefällt mir. Ich treffe mich nach wie vor mit Gavin und mag ihn wirklich gern.«

»Das freut mich für dich.« Nachdem Alice endlich alles in den Geschirrspüler gestellt hatte, setzte sie sich zu Pam an den Tisch. Sie genossen es beide, jemanden zum Reden zu haben.

»Er kommt großartig mit den Kindern zurecht, und mich verwöhnt er ohne Ende. Jeden Samstag führt er mich zum Abendessen aus. Wahrscheinlich hat es gar nichts zu bedeuten, aber es ist zumindest eine wunderbare Entschuldigung, um sich hübsch zurechtzumachen. Und es tut gut, zur Abwechslung mal etwas anderes als ständig nur Mutter und Chauffeur zu sein. Und stell dir vor: Sonntagmorgens spielt Gavin sogar mit den Jungen Baseball.« Alice fragte sich, ob Pam ihn bei sich übernachten ließ, aber die schmunzelte, weil sie den Gesichtsausdruck ihrer Freundin völlig richtig gedeutet hatte. »Er schläft bei einem Freund.« Jetzt mussten sie beide lachen. Sie plauderten noch eine ganze Weile und gingen dann hinauf, um nach den Kindern zu sehen. Die Mädchen hatten es sich in Charlottes Zimmer auf dem Bett und dem Boden gemütlich gemacht. Sie schwatzten über Jungen und die Schule. Becky erzählte Charlotte von Buzz. Johnny saß währenddessen lächelnd an Charlottes Schreibtisch und sah nur Becky an. Alice schmunzelte, als sie ihn dort sitzen sah. Solange er lebte, hatte er an solchen Mädchentreffs kein Interesse gezeigt, aber jetzt genoss er anscheinend jeden Augenblick, als wolle er noch viele kostbare Erinnerungen an Becky mitnehmen.

Pam und Alice gingen weiter zu Bobbys Zimmer, in dem Peter und Mark mit einem Baseball spielten. Alice schlug vor, sie könnten doch hinausgehen und Korbwürfe üben. Die Jungen setzten den Vorschlag sofort in die Tat um, und Bobby folgte ihnen schweigend. Er war gern mit ihnen zusammen.

Die beiden Frauen gingen wieder nach unten. Als sie am Wohnzimmer vorbeikamen, sahen sie Jim tief und fest vor dem Fernseher schlafen, neben sich vier leere Bierflaschen. Seine Mannschaft hatte gerade einen wichtigen Punkt gemacht, und er schnarchte laut.

»Wie geht es ihm?«, flüsterte Pam, nachdem sie sich wieder in die Küche zurückgezogen hatten. Alice schaute aus dem Fenster und sah, wie die Kinder draußen spielten. Johnny war bei ihnen. Er stand neben Bobby, während die Adams-Jungen abwechselnd auf den Korb warfen.

»Wohl nicht so gut«, gestand Alice. »Eine Zeitlang schien es ihm besserzugehen, aber in den letzten Tagen war er unausstehlich.«

»Das liegt an den Feiertagen«, erklärte Pam. »Bis nach Weihnachten werdet ihr alle noch ganz schön daran zu knabbern haben.« Alice nickte. Sie unterhielten sich noch etwa eine Stunde über den Schönheitssalon und Gavin, bis Pam schließlich aufstand und sagte, dass sie so langsam ihre Meute einsammeln und nach Hause fahren müsse. Es dauerte noch etwa eine halbe Stunde, bis sich alle verabschiedeten. Als sie aufbrachen, stand Johnny in der offenen Tür und schaute ihnen nach, dann stürmte er zu seiner Mutter in die Küche.

»Sah sie nicht unglaublich hübsch aus, Mom?« Er meinte natürlich Becky, und Alice nickte. »Sie hat erzählt, dass sie Buzz richtig gernhat. Ich freue mich für sie«, sagte er ganz ehrlich, obwohl es ihm unübersehbar schwerfiel. Becky loszulassen war eine seiner schwersten Aufgaben, aber er wusste, dass ihr ein Leben ohne ihn zustand.

»Sie vermisst dich auch«, tröstete Alice ihn liebevoll. Sie wollte sagen, dass sie mit der Zeit beide darüber hinwegkämen, aber irgendwie schien ihr das nicht angebracht. »Ich sollte Dad so langsam wecken.« Sie seufzte, und Johnny nickte.

»Ich sehe mal nach Bobby«, bot Johnny an und wollte gerade gehen, als ihm noch etwas einfiel. »Gehst du morgen zu Charlottes Spiel?« Seine Schwester bestritt ein wichtiges Spiel mit der Basketballmannschaft ihrer Schule.

»Ich dachte, wir würden alle hingehen?« Alice schaltete das Licht in der Küche aus.
»Dad auch?« Johnny lächelte. Er freute sich, das zu hören.
»Nein, er kann nicht. Er muss wohl arbeiten.«
»Aber doch nicht am Tag nach Thanksgiving, Mom! Wenn er wollte, könnte er mitkommen.«
»Ich werde ihn fragen«, versprach Alice, um Johnny zu beruhigen, aber große Hoffnungen hatte sie nicht. Johnny ging nach oben zu Bobby, und Alice ging ins Wohnzimmer und rüttelte ihren Ehemann sanft. Nach etwa einer Minute regte er sich, schnaubte lautstark und blinzelte sie an.
»Wie viel Uhr ist es?« Er hatte keine Ahnung, ob es tiefste Nacht oder schon früher Morgen war.
»Nach zehn. Lass uns schlafen gehen.« Jim nickte und stand schwankend auf. Er schaffte es kaum die Treppe hinauf. Das mit anzusehen tat Alice in der Seele weh. »Ich komme in einer Minute nach«, sagte sie oben zu ihm und ging in Bobbys Zimmer. Ihr Jüngster war bereits im Bett. Johnny lag neben ihm und las ihm etwas vor. Die beiden schauten hoch und grinsten. Zumindest für sie war es ein – fast – perfektes Thanksgiving. »Gute Nacht, ihr beiden«, flüsterte sie. Dann beugte sie sich vor und gab jedem einen Gutenachtkuss. »Lass Bobby nicht zu lange aufbleiben«, mahnte sie, und Bobby kuschelte sich glücklich an seinen großen Bruder. Alice schloss leise die

Tür hinter sich und ging über den Flur zu Charlottes Zimmer. Sie lag wach im Bett und starrte an die Decke. »Alles in Ordnung, Liebes?«, fragte Alice besorgt und setzte sich neben ihre Tochter aufs Bett. Es war nicht zu übersehen, dass Charlotte irgendetwas beunruhigte.

»Einigermaßen. Ist nur komisch, Becky über ihren neuen Freund reden zu hören. Sie hat ihn anscheinend richtig gern.«

»Das ist doch schön für sie«, erwiderte Alice und meinte es von Herzen. »Sie kann nicht bis in alle Ewigkeit um Johnny trauern, Charlie. Und ihre Mom hat mir erzählt, dass dieser Junge sehr nett zu Becky ist. Johnny würde es gefallen. Was ist mit deinem Spiel morgen? Seid ihr bereit?« Charlotte nickte, ohne große Begeisterung zu zeigen.

»Dad hat nie eines von Johnnys Spielen verpasst«, sagte sie mit emotionsloser Stimme. Es war kein Vorwurf, sondern eine Feststellung. »Kommst du denn hin, Mom?«

»Um nichts auf der Welt würde ich mir das entgehen lassen.« Alice beugte sich vor und küsste Charlotte. »Ich bringe Bobby mit.« Charlotte nickte schweigend. Sosehr sie ihre Mutter auch liebte, sie wünschte sich sehnlichst, dass ihr Vater nur ein einziges Mal dabei wäre und ihr damit zeigte, dass sie ihm wichtig war. Aber sie war eben nicht Johnny.

Als sich Alice ins Bett legte, schlief Jim bereits und

war außerdem für ein Gespräch viel zu betrunken. Aber am nächsten Morgen beim Frühstück sprach Alice es dann doch an.

»Mädchen können nicht Basketball spielen«, erklärte Jim kategorisch und trank seine zweite Tasse Kaffee. »Und das weißt du auch.«

»Von Johnnys Spielen hast du kein einziges verpasst«, erwiderte sie verärgert über seinen Tonfall.

»Das war etwas anderes.«

»Inwiefern? Weil er ein Junge war?«

»Johnny war ein phantastischer Sportler.« Jim hatte fürchterliche Kopfschmerzen und keine Lust auf dieses Gespräch.

»Das ist Charlotte auch. Vielleicht sogar mehr, als er es war. Das hat Johnny mir immer wieder gesagt.«

»Er wollte nur nett sein.«

»Warum kommst du nicht mit und urteilst selbst?« In diesem Moment betraten Johnny und Bobby die Küche. Ihr Jüngster setzte sich schweigend an den Tisch, während Johnny ihr einen Kuss auf die Wange hauchte. »Dir bleibt vorher genug Zeit zum Arbeiten. Das Spiel beginnt erst um vier, in der Sporthalle der Schule. Es würde ihr eine Menge bedeuten.«

»Jetzt komm schon, Alice, sei nicht albern. Sie würde es doch gar nicht merken.«

»Und ob«, beharrte Alice, während Johnny sich neben seinen Vater setzte und ihn eindringlich fixierte. »Überleg es dir wenigstens«, drängte Alice und stellte

Bobby ein Schälchen mit Müsli hin. Jim schien seinen Jüngsten gar nicht wahrzunehmen. Seit Bobby aufgehört hatte zu sprechen, ignorierte Jim ihn. Die Beschäftigung mit Bobby hätte ihn zu sehr an die Ursache für dessen Schweigen erinnert.

»Ich habe jede Menge für meine neuen Klienten aufzuarbeiten und werde wahrscheinlich das ganze Wochenende dazu brauchen.« Dass es mit seinem Geschäft bergauf ging, tat ihm gut. Vielleicht würde es ihm helfen, irgendwann mit dem Trinken aufzuhören.

Wenige Minuten später fuhr Jim zur Arbeit, und die beiden Jungen gingen in den Garten.

Charlotte kam herunter, um rasch etwas zu frühstücken, und hatte es dann eilig, zum Training zu kommen. Sie erwähnte ihren Vater mit keinem Wort, und Alice verschwieg, dass sie erfolglos versucht hatte, ihn zu überreden.

Um Viertel vor vier setzten sie und Bobby sich vorne ins Auto, während Johnny es sich auf dem Rücksitz bequem machte. Er redete geradezu euphorisch über das Spiel, und Bobby antwortete lachend. Alice hörte den beiden lächelnd zu. Ein Traum war Realität geworden: Bobby redete, und Johnny war zurück, auch wenn Letzteres nicht von Dauer sein würde.

Gut gelaunt und mit Vorfreude auf das Spiel trafen sie an der Schule ein.

Es lief gut für Charlottes Mannschaft. Am Ende des

zweiten Viertels führten sie 26 zu 15. Bobby hüpfte begeistert auf seinem Platz herum und feuerte Charlotte mit Klatschen an. Abermals holte sie drei Punkte für ihr Team. Johnny war außer Rand und Band, weil seine Schwester so gut spielte. Als alle darauf warteten, dass die zweite Halbzeit begann, entdeckte Alice plötzlich eine vertraute Gestalt, die langsam durch die Halle auf sie zukam, zögernd, aber lächelnd.

»Das glaube ich einfach nicht«, wisperte sie, während Bobby die Augen überrascht aufriss und Johnny einen Freudenschrei ausstieß. Alice blickte auf Charlotte, und als sie deren Gesichtsausdruck sah, wäre sie fast in Tränen ausgebrochen. Es war das erste Mal, dass Jim zu einem Spiel seiner Tochter kam. »Wie hast du das geschafft?«, flüsterte sie Johnny zu, bevor Jim bei ihnen war.

»Um ehrlich zu sein – ich weiß es nicht«, gestand Johnny seiner Mutter. »Seit wir hier sitzen, habe ich es mir ganz stark gewünscht. Vielleicht hat er mich gehört oder es irgendwie gespürt.« Johnny hatte noch nicht herausgefunden, wie groß sein Einfluss auf Menschen war, aber ihm war aufgefallen, dass immer dann etwas passierte, wenn er nur intensiv genug daran dachte.

Mittlerweile hatte Jim sie erreicht und setzte sich wortlos zwischen seine Frau und Bobby. Er ließ Charlotte keine Sekunde aus den Augen und verfolgte gebannt das Spiel.

»Sie spielt unglaublich gut«, sagte Alice stolz, und Jim nickte.

Die zweite Halbzeit lief noch nicht lange, da holte Charlotte bereits den nächsten Punkt für ihre Mannschaft. Jim sagte nichts, beobachtete sie jedoch fasziniert. Zwei Minuten vor Spielschluss gelang ihr noch ein Drei-Punkte-Wurf, und alle feierten sie begeistert. Ihr Team hatte die gegnerische Mannschaft haushoch geschlagen, und allein zwanzig Punkte gingen auf Charlottes Konto. Ihre Mitspielerinnen trugen sie nach dem Abpfiff auf den Schultern über das Spielfeld. Als Alice sich Jim zuwandte, sah sie, dass er übers ganze Gesicht strahlte. Sie konnte sich gar nicht daran erinnern, wann sie ihn das letzte Mal so glücklich gesehen hatte. Er strotzte förmlich vor Stolz auf seine Tochter.

»Das war ein unglaublich gutes Spiel, was, Alice?«, wandte er sich an seine Frau. Sie nickte mit Tränen in den Augen. Wenige Minuten später gesellte sich Charlotte zu ihnen. Sie war sehr aufgeregt, weil ihr Vater sich das Spiel angesehen hatte.

»Danke, dass du gekommen bist, Dad«, sagte sie unsicher.

»Du warst großartig, Charlie.« Er stand auf und legte den Arm um ihre Schultern. »Ich bin mächtig stolz auf dich«, grummelte er und drückte sie ein bisschen unbeholfen.

Nachdem Charlie aus der Umkleidekabine zurück

war, verließen sie alle zusammen die Halle. Charlotte sah und spürte es nicht, aber Johnny hatte den Arm um sie gelegt, während sie in Gedanken gerade bei ihm war.

»Weißt du, Johnny hat auch einmal so ein gutes Spiel gemacht«, schwelgte ihr Vater auf der Heimfahrt in Erinnerungen. »Sie haben damals den Pokal geholt.«

»Wir haben gute Chancen, dieses Jahr ins Viertelfinale zu kommen!« Charlie strahlte vor Freude über sein Interesse.

»Wenn ihr das schafft, werde ich da sein«, versprach Jim. Er war überaus beeindruckt von Charlottes spielerischer Leistung. Sie hatte wirklich Talent, mehr, als er in seinen kühnsten Träumen für möglich gehalten hatte.

Unterwegs kauften sie noch rasch Lebensmittel ein, und als sie zu Hause ankamen, war es auch schon Zeit, das Abendessen vorzubereiten. Alice war in der Küche beschäftigt, während Bobby und Charlotte draußen Korbwürfe übten. Jim sah ihnen dabei zu und gab seiner Tochter Tipps. Johnny war ebenfalls draußen gewesen, kam aber nach ein paar Minuten zurück in die Küche, um mit seiner Mutter zu plaudern.

»Es war echt toll, dass Daddy zum Spiel gekommen ist, findest du nicht auch?« Man konnte Johnny anhören, wie zufrieden er war. Er wusste, wie viel Charlie das bedeutet hatte. Das schien auch ihr Vater endlich begriffen zu haben. Und es hatte ihn förmlich umgehauen, wie gut seine Tochter spielte. Jetzt redete er schon davon, nächstes Mal wieder mitzugehen.

»Ich denke, du hast mehr Macht, als du glaubst«, sagte Alice so leise, dass sie ganz sicher niemand sonst hören konnte. »Sieh dir doch nur an, was mit uns passiert: Bobby spricht wieder, und Jim geht zu einem Spiel. Das ist Magie.« Auf sanfte, liebevolle Art verbesserte Johnny das Leben der gesamten Familie.

»Bobby war einfach so weit, Mom. Fünf Jahre sind eine lange Zeit.« Das wusste sie nur zu gut.

»Wann werden wir es Dad sagen?« Alice hoffte, dass sie es bald tun könnten.

»Nur Geduld«, bremste Johnny sie. »Es wird hoffentlich nicht mehr lange dauern, aber zuerst müssen noch ein paar Hindernisse aus dem Weg geräumt werden.«

»Was meinst du damit?«, fragte sie irritiert.

»Ehrlich gesagt – das weiß ich selbst nicht. Aber ich spüre es. Und ich weiß, dass Bobby noch ein bisschen Sicherheit braucht und sich darauf vorbereiten muss, es Dad zu sagen.« Es fiel Alice schwer, ihre Ungeduld zu zügeln. Sie hoffte, dass dieser Moment so viel verändern würde. Aber Johnny hatte ein Gefühl dafür, was gut für sie alle war, und sie wollte seine Entscheidung respektieren. Man musste sich ja nur seine bisherigen Erfolge ansehen.

Eine halbe Stunde später stand das Abendessen auf

dem Tisch. Jim ging mit Charlie das ganze Spiel noch einmal durch und erklärte ihr, was die Mannschaft noch verbessern könnte. Charlie hörte begierig zu und war sichtlich beeindruckt von seinen guten Ratschlägen. Zwischen ihnen hatte sich eine Tür geöffnet, und ihr Vater hatte einen großen Schritt in ihre Welt hinein getan. Endlich bekam sie so viel Zuwendung und Anteilnahme, wie sie sich immer gewünscht hatte.

»Das versuche ich mal, Dad.« Genau solche Gespräche hatte sie früher mit Johnny geführt. Plötzlich hatte ihr Vater Respekt vor ihr und sah, wie gut sie spielte. Charlotte strahlte, als hätte man ihr den legendären *Hope-Diamanten* geschenkt.

Als Jim am nächsten Tag von der Arbeit nach Hause kam, schlug er Charlotte vor, ins Diner's zu fahren und eine Limonade zu trinken. Nachdem er bisher nur wenig Interesse an Charlotte gezeigt hatte, wollte Jim das Versäumte jetzt offenbar gründlich nachholen. Und zum ersten Mal seit langem schien er nichts getrunken zu haben. Die beiden hatten es eilig, zum Auto zu kommen, und Alice sah ihnen lächelnd nach. Während Jim den Wagen startete, fragte Charlie ihm Löcher in den Bauch. Sie wollte alles über die Sportarten wissen, die er in seiner Jugend getrieben hatte. Nachdem sie losgefahren waren, ging Alice hinaus, um Johnny und Bobby bei ihren Korbwürfen zuzusehen.

Mit dem Abendessen wollte sie warten, bis Jim und Charlie zurück waren. Als sie jedoch irgendwann auf die Uhr schaute, stellte sie überrascht fest, dass es bereits nach sieben war. Die beiden hätten längst wieder da sein müssen. Sie waren jetzt schon fast zwei Stunden unterwegs. Um acht bekam Alice allmählich Angst, und um halb neun klingelte das Telefon. Es war das Krankenhaus. Eine fremde Stimme teilte ihr mit, dass ihr Mann und ihre Tochter in der Notaufnahme seien. Es ginge ihnen so weit gut, aber Charlotte habe eine leichte Gehirnerschütterung.

»Was ist passiert?«, stieß Alice entsetzt hervor. Sie erfuhr, dass Jim mit seinem Wagen einen parkenden Laster gerammt hatte. Ihm war nichts passiert, aber Charlie hatte sich den Kopf gestoßen. Man wollte sie zur Beobachtung noch ein paar Stunden im Krankenhaus behalten. Alice legte auf und erzählte Johnny alles. Bobby hatte inzwischen ein Sandwich zum Abendessen bekommen und war danach zum Glück auf sein Zimmer gegangen, um Hausaufgaben zu machen – Autounfälle ängstigten ihn verständlicherweise sehr. So konnte Alice offen reden. Johnny stieß einen langen Pfiff aus.

»Hat er getrunken, Mom?«, wollte er sofort wissen.

»Keine Ahnung. Als er von hier wegfuhr, hatte ich eigentlich nicht den Eindruck.« Aber sie wusste ja nicht, was danach noch geschehen war. Vielleicht hatte er sich ein Bier oder sogar etwas Stärkeres besorgt und war in seiner Reaktion beeinträchtigt gewesen. Zum zweiten Mal hatte er eines ihrer Kinder in Gefahr gebracht. Es reichte ihr jetzt. Solange Jim trank, stellte er ein Risiko dar, mit dem sie nicht länger leben konnte.

Als Jim zwei Stunden später mit Charlotte nach Hause kam, war Alice so wütend, dass sie nicht einmal mit ihm reden konnte. Im Krankenhaus hatte man Charlotte empfohlen, sich auszuruhen und ein paar Tage lang nicht anzustrengen. Am kommenden Wochenende könne sie dann wahrscheinlich schon wieder Basketball spielen. Aber darum ging es Alice gar nicht. Ihre Tochter hätte tot sein können.

Jim war kreidebleich. Wortlos schenkte er sich in der Küche eine Tasse Kaffee ein. Alice brachte Charlotte ins Bett und ging dann wieder hinunter in die Küche. Jim sah sie mit bangem Blick an. Johnny hatte die ganze Zeit in der Küche verbracht, aber jetzt verzog er sich und ging leise nach oben zu Bobby.

»Ist dir klar, dass du sie hättest umbringen können?«, sagte Alice gefährlich leise. Jim schwieg. Ihnen beiden waren die Folgen von Autounfällen nur allzu bewusst. »Solange du dich so verantwortungslos verhältst, wirst du keines unserer Kinder im Auto mitnehmen.« Sie funkelte ihn wütend an. »Von mir aus kannst du trinken, so viel du willst, aber wage es nicht, Charlie oder Bobby in deinen Wagen einsteigen zu lassen«, erklärte sie mit fester Stimme. Jim setzte sich an den Küchentisch und wirkte wie ein gebrochener Mann. Er hatte sich – und Charlotte – Todesängste eingejagt.

»Du hast ganz recht, so wütend auf mich zu sein.«

»Ich würde es dir nie verzeihen und du dir auch nicht, wenn du noch einmal mit einem unserer Kinder einen Unfall hättest.« Sie sah ihn unnachgiebig an, und Jim wandte sich mit Tränen in den Augen ab.

»Ich hab's ja kapiert. Mir ist hundeelend zumute. Du musst gar nicht mehr sagen, Alice. All das habe ich mir selbst schon vorgeworfen.« Sie sah ihm an, wie miserabel er sich fühlte. »Ich hatte nur ein paar Bier getrunken.«

»Ich werde dir noch sehr viel mehr sagen: Wenn du auch nur einen einzigen Tropfen trinkst, bevor du mit einem unserer Kinder Auto fährst, verlasse ich dich auf der Stelle. Und die Kinder nehme ich mit.« Nie zuvor hatte sie damit gedroht.

»Ist das dein Ernst?«, fragte er entsetzt. Aber er konnte ihr ansehen, dass sie es so meinte. Als der Anruf aus dem Krankenhaus kam, war ihr klargeworden, dass es so nicht weitergehen konnte.

»Es wird nicht wieder vorkommen, wirklich.« Alice sah ihn lange an. Dann verließ sie wortlos die Küche, ging nach oben ins Schlafzimmer und schloss die Tür hinter sich.

Jim folgte ihr wenige Minuten später. Er sagte nichts, und Alice war auch nicht in der Stimmung, länger mit ihm zu reden. Leise schlüpfte er ins Bett und löschte das Licht. Alice konnte hören, dass Johnny und Bobby im Zimmer nebenan rumorten. Aber Jim bekam davon nichts mit. Erschöpft von den Ereignissen dieses Abends schlief er sofort ein.

9

Am nächsten Tag war die Anspannung deutlich zu spüren. Weder Jim noch Alice sagten beim Frühstück ein einziges Wort. Bobby schwieg wie immer, und Charlotte schlief noch. Als Alice den Tisch abräumte, blieb Jim unentschlossen in der Küche stehen und sah ihr dabei zu. Schließlich brachte er den Mut auf, etwas zu sagen. »Ich fahre heute ins Büro …« Offenbar rechnete er mit einer Reaktion, die jedoch ausblieb. Alice drehte sich zwar zu ihm um, starrte ihn aber nur schweigend an. Sie ließ keinen Zweifel daran aufkommen, dass sie nicht willens war, mit ihm zu reden.

»Kommst du hier allein zurecht? Mit Charlotte und allem …« Bedrückt registrierte er ihren vorwurfsvollen Blick. Sie war maßlos enttäuscht von ihm. »Verdammt, ich habe es doch nicht absichtlich getan.«

»Niemand hat dich zum Trinken gezwungen. Du hättest bis zu Hause warten können.«

»Ich weiß«, stieß er mit erstickter Stimme hervor. »Ich war nur so aufgeregt wegen des Spiels. Sie wird wieder gesund, Alice.« Er versuchte, sich zu verteidigen, aber es war müßig. Er hatte wirklich einen großen Fehler gemacht.

»Wenn du dich selbst in Gefahr bringst, finde ich das nicht gut, aber es ist deine Entscheidung. Wenn es aber unsere Kinder betrifft, sieht die Sache anders aus.«

»Es wird nie wieder vorkommen«, erwiderte er kläglich und fühlte sich elend.

»Allerdings«, sagte sie in einem Ton, den er nie zuvor bei ihr gehört hatte, »weil ich dir keine Gelegenheit dazu geben werde.« Jim schwieg. Wenige Minuten später verließ er das Haus. Als er weg war, kam Johnny in die Küche und sah Alice besorgt an.

»Ich mag es nicht, wenn ihr euch streitet«, sagte er traurig.

»Gibst du mir etwa die Schuld? Er hätte deine Schwester umbringen können!«

»Dieses Mal hat er seine Lektion vielleicht gelernt.« Das konnte Alice sich kaum vorstellen, schließlich hatte er das vor fünf Jahren, als Bobby beinahe umgekommen war, auch nicht getan. Vielleicht musste sie sich wirklich damit abfinden, dass er diese Trinkerei nicht mehr in den Griff bekam. Letzte Nacht hatte sie zum ersten Mal gedacht, dass sie ihre Hoffnung auf Besserung ein für alle Mal begraben sollte. Was das jedoch für ihre Zukunft bedeutete, gefiel Alice ganz und gar nicht. Sie war immer davon ausgegangen, dass er eines Tages damit aufhören würde. Aber bisher war es eher schlimmer geworden. »Es tut mir so leid, Mom«, versuchte Johnny sie zu trösten. Es setzte ihm zu, sie so besorgt zu erleben.

Alice ging hinauf, um nach Charlotte zu sehen. Nach einer Weile kam sie zurück und machte ihrer Tochter Frühstück.

Am Nachmittag schaute Pam kurz rein. Sie war abends wieder mit Gavin verabredet und wollte nur hallo sagen. Als sie hörte, was passiert war, reagierte sie entsetzt.

Dabei verschwieg Alice sogar, dass sie Jim gedroht hatte, ihn zu verlassen. Sie unterhielten sich eine Weile, und nachdem Pam sich verabschiedet hatte, ging Alice mit Bobby ein Eis essen. Wieder zu Hause, bereitete sie das Abendessen vor.

Um sieben war Jim immer noch nicht da. Sie rief im Büro an, aber dort war er auch nicht. Vermutlich befand er sich gerade auf dem Heimweg. Aber als er eine Stunde später noch nicht aufgetaucht war, bekam Alice Angst. Sie fragte sich, ob er gelogen hatte und gar nicht ins Büro gefahren war, sondern sich heimlich mit einer anderen Frau traf. An so etwas hatte sie noch nie gedacht. Jetzt aber war ihr klargeworden, dass sie gar nicht wusste, wozu er unter Alkoholeinfluss fähig war. Ganz unerwartet hatte ihr Leben einen neuen Tiefpunkt erreicht.

Um Viertel nach acht tauchte Jim endlich auf. Er kam durch die Hintertür herein und hatte wohl nicht damit gerechnet, dass Bobby und Alice am Küchentisch zu Abend aßen. Er wirkte nervös und schien sich unbehaglich zu fühlen. Alice sah ihn kurz an und erkannte sofort, dass er stocknüchtern war.

»Entschuldige, ich habe gar nicht gemerkt, wie die Zeit verging«, erklärte er unbeholfen. »Ich hatte so viel zu tun.« Man konnte die Anspannung im Raum spüren.

»Ich habe vor über einer Stunde versucht, dich anzurufen.« Ihr Blick war ein einziger Vorwurf. Alice war ohnehin nicht gut auf ihn zu sprechen, und dass er jetzt noch zu spät kam, war, als würde er Öl ins Feuer gießen.

»Ich hatte auf dem Heimweg noch etwas zu erledigen. Es tut mir leid, aber das sagte ich ja schon.« Alice stellte ihm schweigend das Essen hin. Bobby beobachtete die beiden. Er spürte, dass zwischen seinen Eltern etwas nicht in Ordnung war, und flüchtete bei der erstbesten Gelegenheit in sein Zimmer. Johnny war den ganzen Nachmittag noch nicht aufgetaucht und blieb auch am Abend weg, deshalb hatte Alice niemanden zum Reden. Jim verschanzte sich wie immer vor dem Fernseher – zur größten Überraschung seiner Frau jedoch ohne das obligatorische Sixpack. Alice wünschte, Johnny wäre da, aber als er endlich kam, war es schon elf. Jim war längst ohne ein Wort nach oben verschwunden, während Alice noch unten geblieben war, um eine Tasse Tee zu trinken.

»Wo bist du gewesen?«, fragte sie, als hätte er eine Verabredung gehabt und käme später als abgesprochen nach Hause. Manchmal vergaß Alice eben, dass sie sich um ihn keine Sorgen mehr zu machen brauchte – das Schlimmste war bereits eingetroffen.

»Beim Abendessen mit Buzz und Becky in einem echt tollen Laden. Er geht mit ihr in bessere Restaurants, als ich es getan habe.« Er grinste, und Alice musste lachen. Diese ganze Situation war wirklich absurd. Aber es genügte schon, mit Johnny hier zu sitzen, und schon verbesserte sich ihre Laune.

»Gehört es zu deiner Aufgabe, ständig an den beiden zu kleben?«, fragte sie amüsiert. Zumindest schien er nicht eifersüchtig zu sein, sondern sich für Becky zu freuen.

»Sagen wir mal so – es hat mir niemand verboten. Sie redet ganz schön viel von mir, Mom.«

»Das weiß ich«, erwiderte Alice leise. »Sie hat dich wirklich sehr geliebt.« *Und tut es immer noch*, dachte sie – aber das sagte sie ihm lieber nicht. Sie wusste, dass es nicht gut wäre, ihn daran zu erinnern, insbesondere nachdem er so gut gelaunt von diesem Treffen »zu dritt« zurückgekommen war.

»Sie hatten einen richtig schönen Abend«, fuhr Johnny mit seinen Schilderungen fort. »Buzz kümmert sich rührend um Becky. Er versucht sogar, sie zu überreden, sich um ein Stipendium an der Universität von Los Angeles zu bewerben. Dann könnte sie mit ihm gehen, wenn sein Urlaubssemester vorbei ist. Sie will es versuchen, glaubt jedoch nicht, dass es klappt. Dabei wäre es ideal für sie.« Alice nickte. Dann sah Johnny sie auf einmal besorgt an. »Wie war es mit Dad heute Abend? Habt ihr euch wieder vertragen?«

»Eigentlich nicht. Er kam erst ziemlich spät nach Hause. Aber immerhin war er nüchtern.« Mit Johnny konnte sie offen reden. Er war alt genug, um zu verstehen, warum es zwischen seinen Eltern zu Spannungen kam. Sie verschwieg jedoch, dass sie sich fragte, ob Jim wirklich ins Büro gefahren war oder fremdging.

»Gib ihm eine Chance, Mom«, bat Johnny sie. »Er ist wegen dieser Geschichte genauso durcheinander wie du und weiß einfach nicht, was er tun soll.«

»Er muss endlich zu den Anonymen Alkoholikern gehen«, erklärte sie wütend und verbittert.

»Vielleicht tut er das noch. Es könnte doch sein, dass ihn dieser Unfall endlich wachgerüttelt hat.«

»Er hätte vor fünf Jahren aufwachen müssen, nach dem Unfall mit Bobby. Allmählich ist es ein bisschen zu spät dafür.«

»Sei nicht so hart mit ihm, Mom.« Er hatte es kaum ausgesprochen, da ging die Tür auf, und sein Vater kam ins Zimmer. Alice hatte schon den Mund geöffnet, um Johnny eine Antwort zu geben, hielt jedoch abrupt inne. Sie hatte angenommen, Jim würde längst schlafen, aber er war noch einmal heruntergekommen, um sich etwas zu essen zu holen.

»Führst du wieder Selbstgespräche?«, fragte er mit müdem Blick. Er hatte den Eindruck, dass sie das ständig tat, oft konnte er sie bis ins Nebenzimmer hören. »Du solltest mal mit einem Arzt darüber reden«, sagte er und ging zurück nach oben. Ein paar Minuten später gab Alice Johnny einen Gutenachtkuss und folgte ihm.

Sie lagen schweigend nebeneinander im Bett, bis Jim schließlich fragte: »Wie ging es Charlotte heute Abend?« Alice konnte ihm anhören, wie besorgt er war.

»Sie hat seit dem Nachmittag geschlafen. Du kannst morgen früh in ihr Zimmer gehen und sie selbst fragen.« Genau das hatte er den ganzen Tag vermieden. Er schämte sich zu sehr. Auf der Rückfahrt vom Krankenhaus hatte er sich immer wieder bei ihr entschuldigt, und sie hatte ihm versichert, dass es ihr gutgehe. Charlie wollte einfach nicht, dass die Situation zu Hause noch angespannter wurde. Deshalb dankte sie ihm noch einmal, dass er zu dem Spiel mitgekommen und mit ihr ins Diner's gefahren war. Jim fühlte sich dadurch nur noch schuldiger. Es machte ihm sehr zu schaffen, wie leichtfertig er seine Tochter in Gefahr gebracht hatte.

»Ich werde morgen nach ihr sehen«, sagte er unsicher und schaltete das Licht aus. Dann lag er noch lange wach und dachte über sein Leben nach.

Alice schlummerte schon längst tief und fest, als er

sich endlich dicht neben ihr zusammenrollte und ebenfalls einschlief.
Am nächsten Morgen warf Jim einen Blick in Charlottes Zimmer, aber sie war noch nicht aufgewacht. Alice war in die Kirche gegangen, und Bobby saß allein in der Küche. Er hatte sich mit Johnny unterhalten, verstummte jedoch sofort, als er die Schritte seines Vaters hörte.
Wortlos schenkte sich Jim einen Kaffee ein und schnappte sich die Zeitung. Bobby beachtete er nicht. Johnny saß am Tisch und beobachtete die beiden. Er wirkte nachdenklich, als würde er sich ganz stark auf etwas konzentrieren. Nachdem Jim mit der Zeitung fertig war, legte er sie weg und schaute Bobby an, als wäre ihm plötzlich etwas eingefallen.
»Deine Mom ist bald wieder da«, sagte er, als wäre Bobby ein fremdes Kind, das sich verirrt hatte und bei ihm in der Küche gelandet war. Er wusste einfach nicht, wie er mit ihm reden sollte. Da sein Jüngster sowieso nicht antwortete, kam es Jim so sinnlos vor. Und Bobby wusste das. Es gab einiges, das er seinem Vater gern gesagt hätte, aber er brachte es einfach nicht fertig. Selbst jetzt, nachdem er angefangen hatte, mit Johnny und seiner Mutter zu sprechen, hatte er Schwierigkeiten, sich mit seinem Vater zu unterhalten. »Hast du Hunger?«, fragte Jim, weil er nicht wusste, was der ernste Gesichtsausdruck seines Sohnes bedeutete. Immerhin versuchte er, es

herauszufinden. »Hast du gefrühstückt?« Bobby nickte, und Jim seufzte. »Ist nicht gerade leicht, mit dir ein Gespräch zu führen«, gestand Jim, der zum ersten Mal seit Jahren keinen morgendlichen Kater hatte. Seit fast zwei Tagen hatte er keinen Tropfen mehr angerührt. »Warum antwortest du nicht oder versuchst es wenigstens? Meinst du nicht, du könntest reden, wenn du nur wolltest? Ich wette, du könntest es …« Wenn der Junge doch endlich etwas sagen würde. »Du versuchst es ja gar nicht«, sagte er enttäuscht. Johnny nahm sanft die Hand seines kleinen Bruders, als wolle er ihm versichern, dass alles in Ordnung sei und er sich nicht vor seinem Vater fürchten müsse.

Jim stand auf. Mit Tränen in den Augen ging er aus der Küche. Ihr ganzes Leben brach allmählich in Stücke.

Bobby blieb noch eine ganze Weile in der Küche sitzen. Schließlich huschte er leise nach oben und schlüpfte in Johnnys Zimmer. Dort stand er mit Johnny vor den Pokalen. Sie unterhielten sich leise. Plötzlich ließ Bobby etwas fallen, und nur Sekunden später riss sein Vater die Zimmertür auf.

»Was tust du hier?«, fuhr er Bobby streng an. »Du hast hier nichts zu suchen. Geh sofort in dein Zimmer.« Bobby schossen Tränen in die Augen. Johnny flüsterte ihm zu, dass er mit ihm gehen und nicht zulassen würde, dass Dad ihm Angst mache. Er hätte nichts Unrechtes getan. In Jims Augen war Johnnys Zimmer zu einer Art Heiligtum geworden, und er ertrug es einfach nicht, dass darin irgendetwas verändert wurde.

Bobby eilte mit gesenktem Kopf hinaus, und als er weg war, ging Jim im Raum umher. Alles war sauber und aufgeräumt. Alice wischte hier jede Woche Staub, und Jim kam nicht oft genug her, um zu bemerken, dass einige Dinge neuerdings woanders lagen. Johnny verbrachte seit seiner Rückkehr viel Zeit in diesem Zimmer und sah all seine Sachen durch. Es gab Fotos von ihm und Becky, Briefe und Tagebücher, die zum Teil noch aus seiner Kinderzeit stammten. Jim setzte sich auf das Bett. Tränen liefen ihm übers Gesicht, während er sich umschaute. Fünf Monate war es jetzt her, und es tat noch genauso weh wie im ersten Moment. Johnnys Mannschaftsjacke hing über dem Stuhl. Am Tag vor seinem Tod hatte er sie noch getragen. Jim blieb lange Zeit dort sitzen. Schließlich erhob er sich, ging hinaus und schloss leise die Tür. Alice kam in dem Moment die Treppe herauf. Sie wusste, wo Jim gewesen war, sagte jedoch nichts, sondern marschierte an ihm vorbei direkt in Charlottes Zimmer, um nach ihr zu sehen. Charlie war gerade aufgewacht und sagte, sie fühle sich besser und habe Hunger. Sie zog ihren verwaschenen rosa Bademantel an und ging hinunter, um zu frühstücken. Als sie ihren Vater sah, lächelte sie.

Charlie freute sich immer noch über sein Interesse an ihr und dem Sport. Dass sie sich eine Gehirnerschütterung geholt hatte, war für sie nebensächlich.

»Wie geht es dir, Charlie?«, erkundigte er sich. Seine Stimme klang vom Weinen ganz rauh.

»Besser. Und dir, Dad?« Sie sah ihn liebevoll an.

»Alles in Ordnung.« Abgesehen davon, dass Alice seit zwei Tagen kaum ein Wort mit ihm geredet hatte, Bobby ihm begegnete wie einem Fremden und seine Hände zitterten, weil seinem Körper der Alkohol fehlte.

Den Rest des Tages blieb jeder für sich. Um vier Uhr nachmittags ging Jim für zwei Stunden weg und kam gut gelaunt zurück. Er erwähnte Alice gegenüber mit keinem Wort, wo er gewesen war. Beunruhigt fragte sie sich, ob er sich tatsächlich mit einer anderen Frau traf. Sie passte genau auf, ob sich Jim ein Sixpack holte – das tat er aber nicht. Und statt vor dem Fernseher langsam wegzudämmern, ging er nach draußen und kehrte den Hof. Beim Abendessen unternahm er zaghafte Versuche, sich mit Alice zu unterhalten. Charlotte kam zum Essen herunter und redete bereits davon, in der nächsten Woche wieder mit dem Basketballtraining zu beginnen. »Nicht bevor der Arzt sein Okay gibt«, erklärte Alice besorgt, und gegen Ende der Mahlzeit waren Jim und seine Tochter in eine Unterhaltung über das Spiel vor zwei Tagen,

Charlies gute Leistung und ihren Stil vertieft. Ihr war gesagt worden, dass sie aller Voraussicht nach beim letzten Spiel der Saison auch im Basketball als beste Spielerin des Teams ausgezeichnet werden sollte.

»Kommst du zu meinem Spiel nächste Woche?«

»Ich versuche es.« Er lächelte zurückhaltend und schaute erst Charlie, dann Alice an. Nur Bobby schien für ihn immer noch Luft zu sein. Der fehlgeschlagene Versuch an diesem Morgen, mit seinem Jüngsten zu kommunizieren, hatte Jim entmutigt.

Nach dem Essen zogen sich Vater und Tochter ins Wohnzimmer zurück, während Alice mit den Jungen in der Küche blieb, um aufzuräumen. Obwohl sich die drei nur flüsternd unterhielten, konnte Charlotte ihre Mutter bis ins Wohnzimmer hören.

»Mom führt ständig diese Selbstgespräche«, vertraute Charlie besorgt ihrem Vater an. Auch ihr war aufgefallen, dass er keinen Tropfen mehr anrührte, sie sagte jedoch nichts dazu.

»Ich glaube, sie redet mit Bobby.« Jim seufzte. »Mir ist schleierhaft, wie sie das schafft. Ist nicht leicht, mit jemandem zu reden, der nicht antwortet. Ich weiß nie, was ich zu ihm sagen soll«, gestand er. Seine Offenheit freute Charlie.

»Du musst nur sehr aufmerksam sein, Bobby lässt dich wissen, was er denkt«, erwiderte sie leise. Zum ersten Mal in ihrem Leben hatte sie das Gefühl, einen Draht zu ihrem Vater zu haben.

»Glaubst du, er wird jemals wieder sprechen?« Es war ein bisschen sonderbar, dass er seine Tochter danach fragte, aber für ihre vierzehn Jahre kam sie ihm ungewöhnlich klug vor.
»Mom meint, ja. Sie sagt immer, es brauche eben Zeit.« *Fünf Jahre – wie lange denn noch?*, fragte sich Jim unweigerlich. »Johnny hat immer viel mit ihm geredet. Du solltest irgendwann mal mit Bobby Korbwürfe üben, Dad.«
»Mag er das?« Jim war sichtlich überrascht. Er hatte nicht die geringste Vorstellung, was seinem jüngsten Sohn gefiel – und er hatte auch nie versucht, es herauszufinden.
Charlie nickte. »Für sein Alter ist er sogar ziemlich gut.«
»So wie du.« Jim lächelte sie an und umarmte sie. Dann sahen sie sich gemeinsam ein Footballspiel an. Kurz darauf kam Bobby und setzte sich zu ihnen auf das Sofa. Johnny war ebenfalls dabei, er lümmelte sich in einen Sessel. Bobby lächelte ihn ab und zu an. Mit seinem großen Bruder an der Seite fühlte er sich stark.
Als Alice aus der Küche kam und sie alle dasitzen sah, freute sie sich. Obwohl sie Jim immer noch böse war, musste sie zugeben, dass es jetzt besser lief. Seit dem Unfall hatte er aufgehört zu trinken. Natürlich war ihr das nicht entgangen, aber sie zögerte, ihn darauf anzusprechen. Die Stimmung im Haus

veränderte sich allmählich. Mit diesem Gefühl ging Alice schließlich nach oben, und sie spürte es immer noch, als sie Bobby am nächsten Tag an der Schule absetzte.
Gut gelaunt vor sich hin singend, besserte Alice mit Nadel und Faden Kleidungsstücke aus, als das Telefon klingelte. Das war sicher Jim, außer ihm rief tagsüber nie jemand an. Aber auch er hatte das seit Monaten schon nicht mehr getan – genau genommen seit Johnnys Tod.
Alice nahm den Hörer ab. Bobbys Lehrerin war am Apparat. Sie sagte, Bobby sei von der Schaukel gefallen und habe sich das Handgelenk gebrochen. Der Anruf kam aus der Notaufnahme des Krankenhauses, und die Lehrerin teilte ihr mit, dass sie Bobby jetzt gleich nach Hause bringen würden. Alice war ärgerlich, dass man sie nicht schon früher informiert hatte. Es setzte ihr zu, dass sie im Krankenhaus nicht bei ihm gewesen war. Die Lehrerin bedauerte den Unfall und erklärte, es sei alles so schnell gegangen, dass keine Zeit geblieben war, sie zu benachrichtigen. Nur zehn Minuten später war Bobby zu Hause. Er wirkte benommen, wahrscheinlich wegen der Schmerzmittel, die sie ihm gegeben hatten. Alice brachte ihn ins Bett und ließ ihn einen Moment in Johnnys Obhut, weil die Lehrerin unten wartete.
»Der Arzt in der Notaufnahme sagte, Bobby wäre bald wieder okay. Den Gips muss er vier Wochen tra-

gen.« Dann zögerte sie, als läge ihr noch etwas auf der Seele. »Ich möchte keine falschen Hoffnungen wecken, und ich könnte mich auch irren«, fuhr die Lehrerin zögernd fort, »aber ich meine, ich hätte ihn ›au‹ rufen hören, als er hinfiel.« Wenn Alice nicht gewusst hätte, dass Bobby wieder angefangen hatte zu sprechen, wäre sie auf der Stelle in helle Begeisterung ausgebrochen. Nun aber schaute sie nur nachdenklich und sagte der Lehrerin, dass sie sich wohl wirklich verhört habe. Sie selbst habe auch schon manches Mal gedacht, ihn reden zu hören, einfach weil sie es sich wünschte. Die Wahrheit behielt sie lieber für sich. Sie wollte Bobby schützen, bis er von sich aus bereit war, offen damit umzugehen. Johnny hatte zudem dazu geraten, dass sie es langsam angehen ließen und noch niemandem erzählten. Außerdem sollte Jim es als Erster erfahren.

»Vielleicht habe ich es mir wirklich nur eingebildet«, überlegte die Lehrerin. »Aber das glaube ich eigentlich nicht. Vielleicht sollten Sie ihn noch einmal untersuchen lassen«, schlug sie vor. Alice dankte ihr und bot ihr eine Tasse Tee an, bevor sie sich schließlich verabschiedeten.

Jetzt hatte Alice beide Kinder zu Hause – Charlotte mit Gehirnerschütterung und Bobby mit gebrochenem Handgelenk. Als Jim abends spät, wie neuerdings üblich, nach Hause kam, machte er ungewöhnlich viel Aufhebens um die beiden. Er trank noch immer nicht, und als die Kinder später schliefen, wollte Alice endlich wissen, was los war.

»Wohin gehst du neuerdings nach der Arbeit?«, fragte sie misstrauisch. Es schien ihm körperlich besserzugehen und er hatte so gute Laune wie seit Jahren nicht mehr.

»Nirgendwohin«, versuchte er auszuweichen, aber dann sah er die Unsicherheit in ihren Augen. »Ich hatte hin und wieder einen Termin.«

»Was für einen Termin?« Sie suchte in seinem Gesicht nach Anhaltspunkten für ihren Verdacht. Es dauerte eine ganze Weile, aber dann sah Jim ihr offen in die Augen.

»Spielt das eine Rolle?«

»Für mich, ja. Eine große sogar. Triffst du dich mit einer anderen Frau?« Alice hielt die Luft an.

Jim beugte sich vor, ergriff Alices' Hand und schüttelte den Kopf. »Das würde ich niemals tun, Alice. Ich liebe dich. Es tut mir leid, dass alles so den Bach runtergeht … erst Bobbys Unfall … dann Johnny … und jetzt auch noch der Unfall mit Charlotte … Es ist wirklich eine Menge schiefgelaufen. Aber es gibt keine andere Frau. Ich gehe zu den Treffen der Anonymen Alkoholiker. In jener Nacht, als ich den Lkw rammte, habe ich endlich begriffen, dass es höchste Zeit ist, mit dem Trinken aufzuhören.«

Alice kamen die Tränen. Jim beugte sich vor und küsste sie.

»Danke«, war alles, was sie in diesem Moment zu sagen vermochte. Als sie an diesem Abend gemeinsam hoch ins Schlafzimmer gingen, schlossen sie die Tür hinter sich ab, damit die Kinder nicht unerwartet hereinkommen konnten. Von Johnny war weit und breit nichts zu sehen, er lag mit in Bobbys Bett und schlief.

10

Im Dezember waren sie alle sehr beschäftigt. Mit Jims Geschäft ging es steil bergauf. Zu den beiden neuen Klienten des Vormonats hatten sich drei weitere gesellt, und sein Auftragsvolumen schien sich verzehnfacht zu haben. Alice fragte sich, ob es damit zu tun hatte, dass er nicht mehr trank. Er arbeitete härter und verdiente mehr. Trotzdem war er viel entspannter und schaffte es sogar, sich hin und wieder einen Nachmittag freizunehmen, um zu Charlottes Spielen zu gehen. Jim wurde zu Charlies Berater und Manager. Stolz gab er jetzt überall mit seiner Tochter an, mehr noch als früher mit Johnny.

Charlotte genoss diese neue Aufmerksamkeit. Die Lokalzeitung hatte im Sportteil sogar ein Foto von ihr gebracht. Außerdem interessierte sie sich neuerdings für Jungen, insbesondere für einen aus der Jungenmannschaft. Am liebsten war ihr aber die Zeit, die sie mit ihrem Vater verbringen konnte. Sie hatte unglaublich viel nachzuholen. Jim hatte bei den Anonymen Alkoholikern darüber gesprochen. Zu seinem Zwölf-Schritte-Programm gehörte es auch, falsches

Verhalten zu korrigieren. Charlotte war überrascht, als er sich bei ihr entschuldigte und dabei weinte. Er erklärte ihr, ihm wäre nie in den Sinn gekommen, dass ein Mädchen eine so hervorragende Sportlerin sein könnte, dass er sie aber auch ohne diese Erfolge lieben würde. Er sei lange Zeit wie betäubt gewesen und hätte dadurch den Kontakt zu ihr verloren. Jim bat sie um Verzeihung für all die Male, die er sie zurückgewiesen, nicht beachtet und immer nur Johnnys Erfolge gesehen hatte. Seine Entschuldigung brachte die beiden einander noch näher, und Jim begann zu wünschen, er könne auch bei Bobby etwas wiedergutmachen. Aber noch brauchte er ihn nur anzusehen, und schon überkam ihn eine Welle von Schuldgefühlen.

Alice sah mit Freude, wie sich die Beziehung zwischen Charlotte und Jim entwickelte. Sie sprach mit Johnny darüber, wie sehr sich Jim veränderte, seit er zu den Anonymen Alkoholikern ging. Ihr war klar, dass Johnny ihn letztendlich dazu gebracht hatte, genauso wie es ihm gelungen war, dass Jim nach all den Jahren endlich eine Beziehung zu Charlotte aufgebaut hatte.

»Eine beachtliche Leistung«, sagte sie zu Johnny, während er ihr beim Zusammenlegen der Wäsche half. »Ein richtiges Wunder – genau genommen zwei.«

Dazu kam noch, dass Bobby wieder redete, wenn

auch bislang nur mit Johnny und Alice. Johnny erklärte ihr, dass sich Bobby lediglich selbstsicher genug fühlen müsse, und diese Sicherheit werde täglich größer. Tatsächlich lächelte Bobby häufiger und zog sich nicht mehr ständig in sein Zimmer zurück, sondern nahm intensiver am Familienleben teil. Auch in der Schule lief es richtig gut. Und wenn er mit Johnny und Alice zusammen war, plapperte er ohne Unterlass. Dann musste er unzählige Geschichten loswerden.

»Und was ist mit dir, Mom?«, fragte Johnny, als sie gerade anfing, einen Apfelkuchen fürs Abendessen zu backen. »Was wünschst du dir eigentlich?« Sie bat nie um etwas für sich selbst.

»Dich«, erwiderte sie. »Ich wünschte, du müsstest nicht irgendwann wieder fort.« Seit zwei Monaten war er jetzt bei ihnen und hatte seine Aufgabe fast erfüllt. Alice war deshalb ein bisschen bange, denn wenn die ganze Arbeit getan war, würde er sie verlassen. Sie hatten nie viel darüber gesprochen, aber sie spürte, dass es bald so weit sein würde. »Du wirst doch nicht ohne ein Wort plötzlich verschwinden, oder?«, fragte Alice besorgt, während sie den Teig ausrollte.

»Nein, Mom. Das würde ich dir nicht antun. Du wirst es wissen, wenn der Moment kommt.« Es war schwer genug gewesen, ihn einmal völlig unerwartet zu verlieren. Sie wollte das nicht erneut durchmachen. »Dieses Mal wirst du vorbereitet sein«, beruhigte er sie. Offenbar konnte er ihre Gedanken lesen.

»Wie sollte das gehen?«, entgegnete sie mit Tränen in den Augen. »Ich will, dass du bleibst – für immer.«

»Du weißt, dass ich das tun würde, wenn ich könnte.« Er legte den Arm um sie. »Aber ich verspreche dir, dass du gewappnet sein wirst.«

»Wir können uns glücklich schätzen für diese zwei Monate mit dir.« Sie wollte nicht undankbar sein. »Hast du mittlerweile alles erledigt?«

»Wohl noch nicht ganz«, erwiderte er unsicher. Da seine Aufgabe von Anfang an nicht klar umrissen war, spürte er immer nur, in welche Richtung es gehen musste und wann er ein Ziel erreicht hatte.

»Wirst du dich dann einfach in Luft auflösen?« Er konnte sehen, dass die Vorstellung ihr Angst machte.

»Wie ich schon sagte, Mom«, tröstete er sie und wirkte plötzlich um Jahre gereift, »das würde ich dir nicht antun, und das erwartet auch niemand von mir.« Er war gesandt worden, um Kummer zu lindern, und nicht, um neues Leid zu verursachen.

»Gut.« Sie klang erleichtert. »Wäre wirklich nett, vorgewarnt zu sein.«

»Wirst du – außerdem scheint mir hier und da noch der letzte Schliff zu fehlen.«

»Nur keine Eile«, zwinkerte sie ihm zu, und er musste lachen. »Vielleicht könntest du zwischendurch Pausen einlegen.«

»Ich werde so langsam wie möglich arbeiten, Mom, versprochen.«

»Ich liebe dich«, flüsterte sie und umarmte ihn.

An diesem Nachmittag besuchte er Becky. Auch dort lief alles bestens. Sie traf sich oft mit Buzz, und Johnny hatte den Eindruck, dass die beiden glücklich waren. Becky wirkte längst nicht mehr so niedergeschlagen wie in den letzten Monaten. Sie konnte wieder lachen und war viel entspannter – ebenso wie Pam. Ihre Beziehung zu Gavin hatte sich während der Ferien prächtig entwickelt. Er sprach jetzt davon, umzuziehen, um näher bei ihr zu sein.

Am späten Nachmittag schmückte Alice mit Johnnys Hilfe den Weihnachtsbaum. Sie spielten eine CD mit Weihnachtsliedern und sangen mit.

Jim kam früher als erwartet aus dem Büro zurück. Er hatte einige Papiere vergessen und daraufhin entschieden, zu Hause weiterzuarbeiten. Als er Alice sah, wie sie singend den Baum schmückte, lächelte er.

»Wie hast du es geschafft, dieses Jahr den Stern ganz allein oben auf die Spitze zu stecken?«, wollte er wissen. Das war nun wirklich nicht leicht zu erklären, und Alice sagte in ihrer Not, der Postbote wäre gerade im rechten Moment vorbeigekommen und hätte ihr geholfen. Zum Glück kaufte Jim ihr das ab. Johnny schmunzelte. Natürlich hatte er den oberen Teil des Baumes geschmückt, so wie jedes Jahr.

»Das nenne ich einfallsreich«, zog er seine Mutter

auf, als sie allein im Zimmer waren. Sie lachte und gab ihm übermütig recht laut Antwort. In diesem Moment kam Jim zurück und runzelte die Stirn.

»Wir müssen etwas wegen deiner Selbstgespräche unternehmen. Vielleicht könntest du ja zu den ›Anonymen Monologikern‹ gehen?«, fragte er nur halb scherzhaft. »Charlotte macht sich große Sorgen um dich. Sie glaubt, dass es mit Johnnys Tod zu tun hat.«

»Hat es wahrscheinlich auch – auf gewisse Weise. Aber es wird sich wieder geben.« *Viel zu schnell*, fügte sie in Gedanken hinzu. Die Gespräche mit Johnny würden ihr sehr fehlen. Natürlich waren Jim, Charlotte und Bobby da, aber mit ihrem Ältesten verband sie eine Art Seelenverwandtschaft – jetzt mehr denn je. »Ich hab es mir einfach angewöhnt«, erklärte sie, und Jim verzog sich mit seinen Unterlagen und der Aktentasche, um zu arbeiten.

Als Charlotte aus der Schule nach Hause kam, brütete er immer noch über Formularen. Alice fuhr Bobby abholen, und Johnny begleitete sie. Unterwegs amüsierten sie sich köstlich über Jims Vorschlag wegen ihrer »Selbstgespräche«.

»Bis du fortgehst, werden alle davon überzeugt sein, dass ich den Verstand verloren habe«, beklagte sie sich wehmütig lächelnd.

»Hat seine Vorteile.« Johnny lag ausgestreckt auf der Rückbank und ließ die Füße aus dem Fenster baumeln. »Dann kannst du tun und lassen, was du willst.

Die ›verrückte Mrs. Peterson‹. Das kann sehr befreiend sein, Mom. In jedem Fall kann es sehr lustig werden.«

»Nicht für mich. Ich möchte nicht, dass mich die Leute für übergeschnappt halten.« Mit ihm zusammen zu sein war jedoch eine schöne Art von Verrücktheit, sie konnten miteinander ernst und fröhlich sein.

Auch Johnny hatte während der letzten Monate viel dazugelernt und konnte sich jetzt viel besser in andere Menschen und schwierige Situationen hineinversetzen. Er brachte mehr Verständnis für seinen Vater auf, wusste von den Sorgen und Nöten seiner Geschwister und kannte Alice' Gedanken und Probleme. Sie waren einander schon immer nah gewesen, aber noch nie so wie jetzt. Zwischen ihnen gab es etwas Unzerstörbares, das hatte Alice jetzt erkannt. Auch wenn Johnny wieder von ihnen ging, sie würde ihn niemals ganz verlieren. Ein Gedanke, der sie sehr beruhigte.

Als sie vor der Schule hielten, kam Bobby mit einer Schachtel selbstgebastelter Weihnachtsdekoration aus dem Gebäude gestürmt. Er hatte im Kunstunterricht fleißig gewerkelt.

»Perfektes Timing!«, rief Alice und küsste ihren Jüngsten zur Begrüßung, der sich neben Johnny auf den Rücksitz quetschte. »Johnny und ich haben heute den Baum geschmückt.«

»Wie ist er geworden?«, wollte Bobby wissen und strahlte die beiden an.

»Wunderschön. Aber richtig toll wird er erst mit deinem Baumschmuck sein.« Sie lächelte ihn liebevoll an.

»Gefallen sie dir, Mom?«, fragte Bobby und präsentierte ihr seine Lieblingsstücke.

»Und wie, mein Schatz. Sobald wir zu Hause sind, werden wir deine kleinen Kunstwerke in den Baum hängen.«

Bis Weihnachten hatten alle noch reichlich zu tun. Jim wollte eine Weihnachtsfeier in seiner Kanzlei ausrichten. Außerdem musste er für seine mittlerweile recht zahlreichen Klienten den Jahresabschluss vorbereiten. Bei Charlotte lief die Nachbereitungsphase der Basketballsaison. Zudem standen noch ein Ausscheidungsspiel sowie ein All-Star-Game mit den jeweils besten Spielerinnen der Liga-Mannschaften an, auf das sie und ihr Vater besonders gespannt waren. Und Bobby mimte in der Schulaufführung einen Engel. Seine Aufgabe reduzierte sich darauf, ein paarmal über die Bühne zu gehen und dabei mit den Flügeln zu schlagen. Eine Rolle mit Text hatten sie ihm schlecht geben können. Aber er spielte immerhin mit. Alice hatte sein Kostüm selbst genäht und war diese Woche damit fertig geworden.

Sie und Jim wollten dieses Jahr keine Party geben, aber sie hatten die Adams' eingeladen, am Weihnachtsabend vorbeizukommen. Pam würde Gavin mitbringen. Er wollte sich eine Woche freinehmen

und die Feiertage mit ihr und den Kindern verbringen.
Als die Adams' samt Gavin am Weihnachtsabend vor der Tür standen, waren alle in Hochstimmung. Alice hatte Eierpunsch zubereitet, für die Erwachsenen – außer für Jim – mit Alkohol. Er war trotzdem so gelöst, dass Pam sagte, sie würde ihn kaum wiedererkennen. Er und Gavin verstanden sich auf Anhieb, und es dauerte nicht lange, da erzählte Jim genauso stolz von Charlies sportlichen Erfolgen wie früher von Johnnys. Für Charlotte war ein großer Wunsch in Erfüllung gegangen. Nur seinem Jüngsten gegenüber war Jim weiterhin befangen.
Becky sah an diesem Abend in ihrem schlichten schwarzen Kleid sehr hübsch aus. Sie trug dazu neue hohe Schuhe, die Gavin ihr geschenkt hatte. Er war äußerst großzügig Pam und den Kindern gegenüber. Es machte ihm Spaß, etwas mit ihnen zu unternehmen. Eine Familie mit Kindern war immer sein Traum gewesen – und der hatte sich jetzt doch noch erfüllt.
Beim Abendessen wollten er und Pam etwas ankündigen. Gavin hob das Glas und wünschte zuerst allen noch einmal ein frohes Weihnachtsfest. Bevor er weiterreden konnte, kicherte Beckys jüngster Bruder und erklärte, das sei ja wohl voll kitschig. Man merkte jedoch an der Art, wie er es sagte, dass er und Gavin sich gut verstanden. Alle Adams-Kinder mochten ihn, und Pam liebte ihn. Vielleicht nicht

ganz so sehr wie sie Mike nach so vielen Jahren und fünf gemeinsamen Kindern geliebt hatte, aber mehr als genug, um ihr Leben mit ihm teilen zu wollen. Gavin setzte dann noch einmal an und gab der versammelten Mannschaft bekannt, dass Pam und er im Juni heiraten würden.

Sie wollten sich nach einem Haus umsehen, und Gavin hatte vor, die Kinder auf bessere Schulen zu schicken und die Kosten dafür zu übernehmen. Er wollte für seine neue Familie nur das Beste. Die Petersons gratulierten, und Alice sah aus den Augenwinkeln, dass Johnny drüben im Wohnzimmer neben dem Christbaum auf dem Boden hockte und sie beobachtete. Wie immer konnte er den Blick nicht von Becky wenden. Sie sah wundervoll aus und war wieder mehr die alte, obwohl sie jedes Mal wehmütig wurde, wenn sie über die Zeit mit Johnny redete. Aber sie war noch jung und hatte das Leben vor sich. Johnny wusste das, und er spürte, dass sie auch ohne ihn glücklich werden würde.

»Und was ist mit dir?«, fragte Alice Becky. »Du heiratest aber noch nicht, oder?« Es war eigentlich scherzhaft gemeint.

»Das will ich nicht hoffen! Sie ist viel zu jung!«, rief Johnny aus dem Nebenraum, und Bobby prustete los. Die anderen sahen ihn überrascht an, und er hielt sofort inne, während Alice ihm einen warnenden Blick zuwarf. Ein paar Minuten später ging sie hinüber ins Wohnzimmer, um mit Johnny zu schimpfen.

»Bist du in den Eierpunsch gefallen? Was fällt dir ein, so herumzuschreien?«

»Außer dir und Bobby kann mich niemand hören, Mom. Ich kann singen, schreien oder Purzelbäume schlagen«, erklärte er und führte es kurzerhand vor, wobei er beinahe den Kaffeetisch abräumte.

»Du bist anscheinend nicht ausgelastet und solltest mehr Sport treiben.«

»Lass mir doch meinen Spaß«, grinste er. Sie schüttelte den Kopf und ging zu den anderen zurück. Johnny machte derweil neben dem Weihnachtsbaum Liegestütze und sang lautstark.

»Was hast du da drin gewollt?«, fragte Jim seine Frau leise. Pam hatte ihn gerade darauf angesprochen, dass Alice Selbstgespräche führte. Und Charlotte fügte hinzu, dass sie es mittlerweile ständig tue, wenn sie allein in der Küche oder im Schlafzimmer sei. Es würde sich immer anhören, als redete sie mit einem Freund. »Ich glaube, sie spricht im Geiste mit deinem Bruder«, hatte Jim versucht, seine Tochter zu beruhigen. In Wirklichkeit war er besorgter als die anderen. Alice wirkte ausgeglichen und war bei bester Gesundheit, und doch war offensichtlich, dass sie sich noch nicht vom Tod ihres Sohnes erholt hatte. Und vielleicht würde ihr das nie gelingen, insbesondere, wenn sie sich ständig mit ihm »unterhielt«.

»Ich wollte nur nachsehen, ob wir auch die Christbaumkerzen angezündet haben«, erwiderte Alice unbekümmert. Das klang plausibel, erklärte jedoch nicht, warum er sie hatte flüstern hören. Hoffentlich würde sie irgendwann über den Verlust hinwegkommen und ihr seelisches Gleichgewicht wiederfinden. Jim spürte so stark wie lange nicht mehr, wie viel Alice ihm bedeutete.

Den Rest des Abends sprachen sie über Pams und Gavins Pläne. Die beiden hatten genaue Vorstellungen von einem Haus für die Familie. Sie wollten, sobald sie das richtige gefunden hatten, Pams Haus und seines in Los Angeles verkaufen. Die Kinder waren auch ein bisschen traurig, aus dem alten Haus auszuziehen, in dem sie so lange gelebt hatten, andererseits waren sie schon ganz aufgeregt, weil sich so viel in ihrem Leben veränderte. Gavin hatte sogar versprochen, ein Boot zu kaufen. Damit könnten sie nächsten Sommer auf dem See herumschippern.

Und dann wandte sich Pam Becky zu und forderte sie auf, doch auch von ihren Neuigkeiten zu berichten. Becky errötete, und Johnny bekam Angst, als er das sah. Er war herübergekommen und saß auf einem der Stühle, die vorher von Beckys Geschwistern belegt gewesen waren. Die Kinder waren nach oben verschwunden, um in Charlottes Zimmer Videos anzuschauen.

»Sie wird doch nicht heiraten, Mom, oder?«, fragte

er mit entsetztem Gesichtsausdruck. Es fiel ihm immer noch schwer, dass sie jetzt mit jemand anderem zusammen war. Er hatte sie mit Buzz zusammengebracht und gönnte ihr von Herzen ihr Glück, und doch wünschte er nichts mehr, als sie in die Arme zu schließen. Ein paarmal hatte er ihre Hand gehalten, ohne dass sie es auch nur ahnen konnte. Die einzigen Menschen, die er umarmen und küssen konnte, waren seine Mutter und Bobby. Er fragte sich, was wohl passieren würde, wenn Becky ihn sehen könnte. Und vielleicht war genau das der Grund, warum es ihm nicht erlaubt worden war. Die Zeit des Abschieds würde dann nur umso schwerer fallen.

»Was sind denn deine Neuigkeiten, Becky?«, spornte Alice sie an.

Johnny sah aus, als würde er jeden Moment vor Neugier platzen.

»Ich habe ein Stipendium«, gab Becky schüchtern bekannt. »An der Universität von Los Angeles. Im Januar fange ich an. Buzz geht dann auch zurück an die Uni. Er hat mir bei der Bewerbung sehr geholfen«, sagte Becky glücklich.

»Nein, hat er nicht«, widersprach Johnny derart gereizt, dass seine Mutter ihn überrascht anschaute, »das war ich.« Alice nickte; in Anwesenheit der anderen konnte sie schlecht darauf antworten.

»Das ist ja wundervoll, Liebes«, sagte sie stattdessen zu Becky. Alice wusste, wie stolz Pam auf ihre Älteste sein musste. Becky hatte ein Vollstipendium erhalten und beabsichtigte, Kunst als Hauptfach zu wählen. Alice besaß mindestens ein Dutzend Zeichnungen, die Becky im Laufe der Jahre von Johnny angefertigt hatte. Die Bilder waren wirklich gut. Becky sagte, sie wolle auch Kurse in Kunstgeschichte belegen und einen Abschluss als Lehrerin für Kunsterziehung machen. Johnny war immer der Meinung gewesen, sie sei dafür wie geschaffen – und jetzt hatte sie ihren Weg gefunden.

Nach dem Essen ging Pam in die Küche, um Alice beim Aufräumen zu helfen, während die beiden Männer im Wohnzimmer saßen und sich über alles Mögliche unterhielten: Job, Steuern, Politik und Sport. Johnny saß daneben. Das Gespräch interessierte ihn nicht sonderlich, aber er fürchtete, seine Muter in Verlegenheit zu bringen, wenn er sich bei ihr in der Küche herumtrieb und ständig Kommentare abgab, auf die sie ihm nicht antworten konnte. Folglich hatte er sich zu seinem Vater und Gavin ins Wohnzimmer gesetzt. Als er sah, dass Becky nach oben ging, folgte er ihr instinktiv. Sie wollte aber nicht zu den anderen, die in Charlottes Zimmer immer noch Videos anschauten, sondern schlich zu seinem Zimmer, öffnete leise die Tür und schlüpfte schnell hinein, bevor jemand etwas bemerkte. Vorsichtig drückte sie die Tür hinter sich zu, blieb stehen und sog den vertrauten Duft tief ein. Dann legte sie sich auf das vom Mondlicht beschienene Bett und schloss die Augen. Johnny stand direkt neben ihr. Er berührte sie zärtlich an der Hand, ohne dass sie es ahnte. Aber sie fühlte seine Anwesenheit in diesem Raum und wurde von einer tiefen inneren Ruhe erfasst.

Wie gut sie dieses Zimmer kannte, ebenso wie ihn, sein Leben, seine Träume, Hoffnungen und all die Geheimnisse, die sie miteinander geteilt hatten.

»Ich liebe dich, Johnny«, flüsterte sie. Er sah sie an.

»Ich liebe dich auch, Becky. Daran wird sich nie etwas ändern.« Und dann war es, als würde eine starke Kraft ihn zwingen, fortzufahren. »Du hast eine wundervolle Zeit am College vor dir ... und wenn du mit Buzz zusammen sein möchtest ...«, er schluckte, wusste aber, das er es aussprechen musste, »... ich will, dass du glücklich wirst, mit ihm oder wem auch immer. Du hast es verdient, Becky.« Sie nickte, als könnte sie ihn tatsächlich hören. In ihrem Herzen spürte sie seine Worte, und ein Gefühl des Friedens und der Wärme durchflutete sie. Schließlich stand sie auf, ging durchs Zimmer und betrachtete seine Pokale und verschiedene Dinge, an denen er besonders gehangen hatte. Lange Zeit blieb sie vor ihrem Lieblingsbild von Johnny stehen. Sie hatte das gleiche zu Hause über ihrem Bett hängen, wo sich jetzt auch eines von Buzz befand. Hier in diesem Zimmer Johnnys Bild anzusehen gab ihr das Gefühl, ihn wirklich vor sich zu haben.

»Ich werde dich immer lieben, Johnny«, sagte sie leise. Als er antwortete, hatte er Tränen in den Augen.
»Ich dich auch, Becky. Und jetzt werde glücklich.«
Sie nickte und ging langsam zur Tür. Dort verharrte sie einen Moment, dann ging sie ohne ein weiteres Wort hinaus und schloss leise die Tür hinter sich. Becky verspürte eine innere Ruhe, wie sie es seit Johnnys Tod nicht mehr erlebt hatte. Lächelnd wischte sie sich eine Träne weg und ging hinüber zu Charlottes Zimmer. Auf seltsame Weise kam es ihr so vor, als hätte sie soeben Abschied von Johnny genommen. Er würde immer seinen Platz in ihrem Herzen haben, aber die quälende Trauer war endlich gewichen. Sie hatte loslassen können und war bereit, nach vorn zu schauen.
Die Adams' verabschiedeten sich um halb zwölf, während sich die Petersons allmählich fertig machten, um zur Mitternachtsmesse zu gehen. Sie umarmten sich alle und wünschten einander ein frohes Fest. Dann stiegen die Adams' in den Van, den Gavin gemietet hatte, um seine neue Großfamilie befördern zu können. Als sie losfuhren, winkten die Petersons und machten sich dann auf den Weg in die Kirche. Scheinbar waren sie jetzt nur noch zu viert, dabei saß Johnny zwischen seiner Schwester und Bobby auf dem Rücksitz, während sich Jim und Alice vorne unterhielten und leise Musik lief. Jim hatte eine Kassette mit Weihnachtsliedern eingelegt. Natürlich war

das erste Fest ohne Johnny schmerzhaft, aber es hatte sich in letzter Zeit auch viel Gutes ereignet, für das sie alle dankbar waren.

Jim döste während des Gottesdienstes, Charlotte rutschte unruhig herum, und Alice lauschte mit geschlossenen Augen der Musik. Hin und wieder betrachtete sie lächelnd ihre drei Kinder. Das waren ihre Weihnachtsgeschenke, ebenso wie der zu neuem Lebensmut erwachte Jim. Schon lange war sie nicht mehr so glücklich gewesen.

Das Einzige, was ihr Sorgen machte, war eine leichte Magenverstimmung, die ihr während der Rückfahrt sogar Übelkeit verursachte.

»Es ist doch hoffentlich nicht wieder dein Magengeschwür?«, fragte Jim besorgt, als sie über Unwohlsein klagte. Nach ihrem Zusammenbruch im Oktober war er jetzt sehr ängstlich, wenn es um ihre Gesundheit ging. Aber Alice beruhigte ihn rasch.

»Ich habe wohl zu viel Truthahn gegessen«, erklärte sie unbekümmert. Außerdem war Pams Hackfleischpastete recht mächtig gewesen. Als sie zu Hause aus dem Auto ausstieg und an der frischen Luft war, ging es ihr besser, und sie vergaß das Ganze rasch. Sie wollte Bobby schnell ins Bett bringen, aber der war noch hellwach, und als sie ihn an die Hand nahm, zögerte er und sah sie fragend an. Sie wusste zuerst nicht, was er von ihr wollte. Er stand da und sah abwechselnd zu ihr und Jim. Plötzlich dämmerte es ihr. Sie schaute Johnny an, der Bobby lächelnd zunickte. Alice' Augen füllten sich mit Tränen. »Ich glaube, Bobby möchte dir etwas mitteilen«, sagte sie. Jim und Charlotte verharrten regungslos, während Bobby seinen Vater anschaute. Es gab etwas, das er seinem Dad geben wollte, und jetzt war die Zeit dafür gekommen. Es war sein Weihnachtsgeschenk, eines, das seinem Vater mehr bedeuten würde als alles andere.

»Fröhliche Weihnachten, Dad«, sagte Bobby leise. Jim starrte seinen Sohn mit großen Augen an. Dann nahm er seinen Jüngsten ganz fest in die Arme, während die anderen ihnen gerührt zusahen.

»Was ist passiert?«, fragte Jim mit heiserer Stimme. »Wie kann das sein?« Er sah zwischen Bobby und Alice hin und her, während Charlotte weinte und Johnny zufrieden lächelte. Er war sehr stolz auf sie alle. Jeder Einzelne von ihnen hatte Stärke gezeigt und nicht aufgegeben, trotz des Leids, das sie erfahren hatten.

»Ich habe einfach angefangen zu reden, mit …«, Bobby entging nicht der warnende Blick seiner Mutter, »… mir selbst … ich übe seit Thanksgiving.«

»Und du hast so lange damit gewartet, es mir zu sagen?«

»Das musste ich«, antwortete Bobby lächelnd. »Du warst noch nicht so weit.« Jim dachte kurz über den Sinn dieser Worte nach, dann nickte er zustimmend. »Vielleicht war ich das wirklich nicht.«

»Ich liebe dich, Dad«, flüsterte Bobby, während sein Vater ihn immer noch in den Armen hielt.

»Und ich liebe dich, mein Sohn.« Jim nahm Bobbys Hand, und so gingen die beiden nach oben. Alice schaute ihnen hinterher und genoss das Wunder, das sich in dieser Weihnachtsnacht zugetragen hatte.

11

Am Weihnachtsmorgen kam Bobby die Treppe heruntergestürmt, um die Geschenke unter dem Weihnachtsbaum in Augenschein zu nehmen. Charlotte folgte nur wenig später, und dann gesellten sich auch ihre Eltern dazu. Jim hatte für Charlotte die Sportausrüstung besorgt, die sie sich gewünscht hatte, sogar eine Ballwurfmaschine, mit der sie im Frühling ihre Fähigkeiten als Schlagfrau trainieren wollte. Für Alice hatte er ein Twinset, einen Mantel und ein goldenes Armband gekauft – und ihren Geschmack genau getroffen. Sie schenkte ihm eine wunderschöne Lederaktentasche und eine Jacke aus Veloursleder, die er in einem Schaufenster bewundert hatte.

Bobby bekam einen Berg Spielsachen, bei deren Auswahl Johnny seine Mutter beraten hatte. Bobby freute sich über jedes einzelne Stück und war bereits mit Feuereifer dabei, etwas zu montieren und Batterien einzusetzen. Nur wenig später war alles in Betrieb genommen – und eine entsprechende Lärmkulisse hergestellt.

Alice machte sich gerade daran, wie jedes Jahr am

Weihnachtsmorgen, Bananenwaffeln zu backen, da verspürte sie erneut diese Übelkeit. Sie schob es auf die ganze Aufregung und die wachsende Sorge, dass Johnny wahrscheinlich nun bald gehen würde. Bemüht, nicht daran zu denken, tischte sie den anderen ihr geliebtes Weihnachtsfrühstück auf. Als sie sich umdrehte und Johnny sah, fiel ihr auf, dass er müde wirkte. Er hatte so viel für sie alle getan, und seine Kräfte ließen offenbar nach. Trotzdem schnupperte er sichtbar gut gelaunt den Duft der frischen Waffeln.
»Wie gern würde ich die jetzt essen, Mom«, seufzte er und sah aus wie ein kleiner Junge. *Das wünschte ich auch,* dachte Alice lächelnd.
Während sich Jim und Charlotte schon zum zweiten Mal von den Waffeln bedienten, plapperte Bobby in einem fort und erklärte ihnen haarklein, wie jedes seiner neuen Spielzeuge funktionierte. Sein Vater strahlte ihn glücklich an.
»Scheint so, als wolle er alles nachholen«, meinte Jim schmunzelnd, nachdem die Kinder die Küche verlassen hatten. Nur Johnny saß noch mit am Tisch und schwelgte im köstlichen Aroma von Alice' Waffeln. Sie selbst hatte dieses Jahr keine einzige gegessen, sondern nur darin herumgestochert. Aber außer Johnny war das niemandem aufgefallen. »Warum er wohl wieder zu sprechen angefangen hat?«, fragte Jim und betrachtete Alice bewundernd. Nie war sie ihm schöner vorgekommen. Er beugte sich zu ihr

und küsste sie. »Was, denkst du, hat den Ausschlag gegeben?« Er ließ nicht locker.
»Für mich ist es ein echtes Wunder«, konstatierte Alice schlicht und ergreifend. Jim widersprach ihr nicht. Er war einfach dankbar.
Kurz darauf ging er ins Wohnzimmer, um sich ein Footballspiel anzusehen, und Charlotte schloss sich ihm an. Bobby folgte ebenfalls, wobei er die Hälfte seiner Spielsachen mitschleppte. Alice hantierte noch in der Küche.
»Bist du in Ordnung, Mom?«, fragte Johnny besorgt.
»Es geht mir gut«, sagte sie mehr aus Gewohnheit, als dass es der Wahrheit entsprach. Alice fühlte sich nicht gut, wollte aber niemanden beunruhigen. Sie spürte, dass ihr Magen sie wieder plagte, und hatte Angst, dass diese Geschichte mit dem Magengeschwür von vorne losging. Aber auf keinen Fall würde sie Johnny oder den anderen damit das Weihnachtsfest verderben. »Es ist nichts, wirklich.«
»Da bin ich mir nicht so sicher«, widersprach Johnny und hörte sich sehr erwachsen an. »Du solltest direkt morgen früh zum Arzt gehen.«
»Tue ich, wenn es dann nicht besser ist«, versprach sie.
Die ganze Familie machte sich einen gemütlichen Nachmittag, und am Abend bereitete Alice wie jedes Jahr einen Schinkenbraten zu. Sie selbst hatte allerdings keinen großen Appetit und war mit den

Gedanken woanders. Schon den ganzen Nachmittag über spukte ihr der Gedanke im Kopf herum, dass für Johnny eigentlich nichts mehr zu tun blieb. Becky hatte ein Stipendium und einen neuen, sehr netten Freund. Pam war mit einem Mann zusammen, der sie und die Kinder liebte, und würde ihn bald heiraten. Charlotte und Jim standen einander näher, als Alice je zu hoffen gewagt hatte. Zudem trank Jim nicht mehr, und Bobby sprach endlich. Und sie selbst hatte immerhin drei Monate mit dem geliebten Sohn geschenkt bekommen. Sie alle hatten eine unglaublich wichtige Zeit hinter sich, die ihr Leben verändert hatte. Je länger Alice darüber nachdachte, desto sicherer war sie, dass Johnny bald gehen würde. Bei dem Gedanken wurde ihr schwer ums Herz.

»Du verlässt uns bald, nicht wahr?«, fragte sie ihn, als sie nach dem Essen mit ihm allein in der Küche war.

»Wahrscheinlich schon, Mom«, antwortete Johnny ehrlich. »Wir werden es wissen, wenn der Moment gekommen ist. Auch du. Wie ich dir schon sagte, du wirst dann bereit sein.« Er klang sehr überzeugt, aber ihr gefiel seine Antwort überhaupt nicht.

»Dann ist der richtige Zeitpunkt noch nicht da«, erklärte sie trotzig wie ein Kind. »Denn ich bin *nicht* bereit. Es würde zu sehr wehtun«, beteuerte sie, während ihr Tränen über die Wangen rannen. Johnny sah sie traurig an.

»Jetzt wein doch nicht, Mom. Ich werde nicht weit weg sein.«

»Ich will dich hier haben, so wie bisher.«

»Das wünsche ich mir doch auch. Wir alle tun das. Aber es geht nicht. Ich muss fort.« Dass er noch einmal zurückkehren durfte, war schon ein Wunder gewesen.

»Das ist gemein«, beschwerte sich Alice. Johnny nahm sie in die Arme. »Wir brauchen dich … ich brauche dich … und Bobby und Dad und Charlie.«

»Ich liebe dich«, erwiderte er schlicht und einfach, und für den Bruchteil einer Sekunde erahnte Alice, was das eigentlich bedeutete. Dass sich dahinter etwas viel Gewaltigeres verbarg, als ihr bisher bewusst geworden war. Diese Worte umgaben sie wie schützende Wolken, dämpften allen Kummer, den sie jemals gespürt, alle Ängste, unter denen sie je gelitten hatte.

»Du siehst müde aus«, stellte sie fest, als sie ihren Sohn anschaute. »Und du weißt, dass ich dich auch liebe.«

»Ja, Mom. Das habe ich immer gewusst.« Sie war froh, das zu hören. Sie umarmten sich lange. Dann schlenderten sie langsam aus der Küche und hinüber zu den anderen. Alle wirkten satt, zufrieden und müde. Kurze Zeit später ging die ganze Familie gemeinsam nach oben, sie wünschten einander eine gute Nacht und verschwanden in ihren Zimmern.

Die Kinder schliefen bereits, als Alice und Jim noch wach im Bett lagen und sich darüber unterhielten, was für ein schönes Weihnachtsfest es gewesen sei, auch wenn Johnny nicht mehr dabei sein konnte. Alice bekam ein schlechtes Gewissen, als Jim das sagte, denn im Gegensatz zu ihm wussten sie und Bobby, dass ihr Ältester keineswegs gefehlt hatte.

»Aber weißt du, ich glaube, dass es ihm gutgeht, wo immer er jetzt auch ist. Das spüre ich einfach«, sagte Jim in die Dunkelheit hinein, während er Alice im Arm hielt.

»Ich auch«, sagte sie seufzend, und dann lagen sie noch eine Weile schweigend da. Jim schlummerte bald, aber Alice konnte nicht einschlafen. Sie war hellwach und dachte an Johnny. Weit nach Mitternacht stand sie auf, um sich eine warme Milch zu machen. Das würde nicht nur ihre Nerven, sondern auch ihren Magen beruhigen.

Als sie auf den Flur hinaustrat, sah sie Johnny aus Charlottes Zimmer kommen. Er war lange bei seiner Schwester gewesen und hatte ihre Hand gehalten, bis sie einschlief. Jetzt träumte sie von ihm und lächelte im Schlaf.

Zuvor war Johnny in Bobbys Zimmer gewesen und hatte ein langes Gespräch mit ihm darüber geführt, was es hieß, nach vorn zu schauen, und die Menschen, die man liebte, im Herzen zu bewahren.

»Du gehst fort, nicht wahr?«, hatte Bobby gefragt

und dabei ganz und gar nicht erschrocken gewirkt. Er schien es zu verstehen, obwohl er noch so jung war.

»Ja, das werde ich«, sagte Johnny genauso ehrlich, wie er immer zu ihm gewesen war.

»Kommst du wieder?«

»Vielleicht, aber wohl eher nicht.«

»Danke, dass du mir dabei geholfen hast, wieder zu sprechen«, hatte Bobby erwidert, und dann umarmten sie sich lange. Bobby würde seinen großen Bruder niemals vergessen, und in vielerlei Hinsicht war er ihm tatsächlich sehr ähnlich.

Johnny erzählte das alles seiner Mutter, während sie gemeinsam den Flur entlanggingen. Vor seiner Tür blieb Johnny stehen, öffnete sie und warf noch einmal einen Blick in sein Zimmer. Wie sehr er sie alle vermissen würde, genauso wie sie ihn. Er erinnerte seine Mom daran, Bobby seine Mannschaftsjacke zu geben, sobald er hineingewachsen war. Bis dahin dürfe Charlotte sie sich jederzeit ausleihen. Bei seinen Worten füllten sich Alice' Augen mit Tränen. Es war an der Zeit, Lebewohl zu sagen. Sie hatte ihn schon beim ersten Mal nicht gehen lassen wollen. Vielleicht war er auch aus diesem Grund zurückgekommen. Aber jetzt hatte er seine Arbeit getan – mit der gleichen Sorgfalt, die ihm immer zu eigen gewesen war. In diesen wenigen Monaten hatte er so viel bewirkt. Alice wusste, wie glücklich sie alle darüber sein konnten.

Johnny sah ihr dabei zu, wie sie die Milch erhitzte, und setzte sich zu ihr, während Alice langsam trank. Sie wusste jetzt, warum sie in dieser Nacht keinen Schlaf fand. Er würde fortgehen. Sie brachte es nicht einmal fertig, die Worte auszusprechen. Allein der Gedanke schien ihr unerträglich. Aber Johnny schüttelte den Kopf.

»Tu das nicht, Mom. Lass mich dieses Mal gehen. Ich werde immer bei dir sein, auch wenn du mich nicht sehen kannst.«

»Die Gespräche mit dir werden mir so fehlen. Was soll ich denn nur ohne dich anfangen?«, fragte sie mit Tränen in den Augen.

»Dad und die anderen werden dich schon genug auf Trab halten.« Er lächelte und legte die Arme um sie. Schließlich standen sie auf. Alice sah ihrem Sohn in die Augen.

»Ich liebe dich, Johnny.«

»Ich liebe dich auch, Mom … mehr, als du ahnst … und mehr, als ich dir sagen kann.«

»Du bist ein guter Junge, ich bin unglaublich stolz auf dich … das werde ich immer sein.«

»Und ich bin stolz auf dich.« Plötzlich schien ihm etwas einzufallen. Er zog ein Geschenk aus der Jackentasche, eine rechteckige Schachtel, die er offenbar selbst verpackt hatte, und reichte es ihr. »Das ist für dich und Dad. Es wird euch beide für sehr lange Zeit glücklich machen, hoffentlich für den Rest eures Lebens.«

»Was ist es? Soll ich es aufmachen?«, fragte sie gespannt.
»Nein, das kannst du später tun«, hielt er sie mit strengem Tonfall davon ab, und sie schob es in die Tasche ihres Bademantels.
Dann ging Johnny langsam zur Haustür, und sie folgte ihm. Dort standen sie eine ganze Weile und hielten sich in den Armen. Er drückte sie so fest, wie er es als kleiner Junge immer getan hatte. Ein Gefühl der Ruhe und des Friedens breitete sich in Alice aus, eine seltsame Mattigkeit, die sich angenehm anfühlte. Dann löste sich Johnny von ihr und küsste sie auf die Wange. Alice küsste ihren Sohn zum letzten Mal, dann ging er hinaus in die Nacht. Sie wollte ihm nachlaufen und ihn festhalten, wusste aber, dass es unmöglich war. Er drehte sich noch einmal um und lachte sie an. Alice lächelte, Tränen liefen ihr über die Wangen, aber dieses Mal war ihre Trauer anders, sie war vermischt mit Freude und Dankbarkeit. Sie blinzelte die Tränen weg – und Johnny war verschwunden.
Alice blieb noch lange im Eingang stehen, dann schloss sie die Tür leise. Es fiel ihr schwer, zu glauben, dass er tatsächlich weg war. Aber Johnny hatte recht gehabt. Dieses Mal war es anders. Langsam ging sie nach oben ins Schlafzimmer. Sie sah Jim an, der friedlich schlief, und plötzlich wusste sie, dass Johnny immer bei ihnen sein würde.
Als sie den Bademantel auszog, fiel ihr das Päck-

chen wieder ein. Sie ging ins Badezimmer, schaltete das Licht ein und öffnete die Verpackung – und hätte fast schallend gelacht. Was für ein verrücktes Geschenk! Ein Scherz, nicht weiter ernst zu nehmen. Es war ein Schwangerschaftstest, wie man ihn in Drogeriemärkten kaufen kann. Johnny wollte ihr damit einen Wink geben, über etwas nachzudenken, das sie lange verdrängt hatte. Früher hatten Jim und sie immer vorgehabt, irgendwann ein viertes Kind zu bekommen. Aber nach Bobbys Unfall entschieden sie sich dagegen. Als sie jetzt Johnnys Geschenk in den Händen hielt, meinte sie, seine Stimme hören zu können.

»Komm schon, Mom … tu es …« Sie hörte ihn so deutlich, als würde er neben ihr stehen. Vielleicht tat er das ja auch, ohne dass sie ihn sehen konnte. In ihrem Herzen war er ohnehin bei ihr. Diese letzten Monate waren eine intensive Zeit gewesen, die ihr immer in kostbarer Erinnerung bleiben würde. Während sie darüber nachdachte, fiel ihr diese Magengeschichte ein, die sie an den letzten Tagen geplagt hatte. Plötzlich fragte sie sich, ob Johnnys verrücktes Geschenk mehr als nur ein Wink sein sollte, und sie öffnete die Packung …

Fünf Minuten später, als sie das Ergebnis vor Augen hatte, wusste sie, was Johnny ihr hatte sagen wollen. Auch sie war reich beschenkt worden. Ein neues Leben wuchs in ihr heran und damit eine Zukunft, von der sie nicht einmal mehr zu träumen gewagt hatte. Ein Leben war zu Ende gegangen, ein anderes begann. Und Johnny, ihr Sohn, den sie so liebte und den sie verloren geglaubt hatte, würde für immer in ihrem Herzen bleiben.